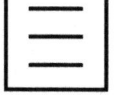

Florian Dietmaier

Die Kompromisse

Roman

Literaturverlag Droschl

»~~We live at a great breaking point of history.~~«
~~Peter Fabrizius, *The Horizontal Society*~~

»~~The past is a foreign country:~~
~~they do things differently there.~~«
~~L. P. Hartley, *The Go-between*~~

»Dieses ›Früher‹ war eine Macht,
an die man nicht herankommen konnte.«
Marlen Haushofer, *Das fünfte Jahr*

woulda, coulda, shoulda

Im Abendrot verliert der Ahorn an Kontur
und löst sich auf in Ahnung und in Dunkelheit.
War dort im Schatten nicht bis eben noch ein Ast
gewesen, dem ein schwacher Wind Bewegung gab?
Ich freue mich der leichten Frage, hoffe, dass
sie möglichst bald mein zögerliches Herz erreicht,
doch folgt es seinem sturen Takt. Ich mache Licht
und sehe mein Gesicht anstatt des dunklen Hofs.
Die Seiten vor mir auf dem Tisch sind wieder lesbar, ihre schwierigeren Fragen schmerzlich klar.
Was wäre, hätte ich? Was hätte, wäre es?
Sie schienen mir beantwortbar, doch merkte ich,
wie stumpf, ja stumm mein ausgestellter Wortschatz glänzt,
nicht ausreicht, zu beschreiben, was ich sagen will.
Vielleicht, so nagt es auch an mir, rede ich
mir diesen Mangel deshalb ein, damit ich nicht
nach einer Antwort suchen muss; wobei sich doch
schon lange eine in mich eingeschrieben hat:
Aus ungenutzten Chancen wachsen Kompromisse.

Madenfraß – 1960

Die Lehne krachte gegen die Wand. Ich war aus dem Sessel gefahren. Der Schreck, das Adrenalin trieben mich noch schneller aus der Enge des Besprechungszimmers. Ich riss eine Reihe von Türen auf und stürmte aus der österreichischen Handelsdelegation in den frühen Abend Singapurs. Es war heiß, würde heiß bleiben. Das Wetter hier änderte sich nie.

Ziellos lief ich den Collyer Quay entlang, die einzige Straße, deren Namen ich kannte. Bald hatte ich das Ende des Quays erreicht und bog in eine schmale Seitengasse ein. Dort verlangsamte sich mein Schritt. Meine Gedanken nicht. Vor einem Restaurant, das beim Eingang auf englischen Tafeln mit lokaler Küche warb, blieb ich stehen, ging hinein. Den ungewohnten Trotz noch in den Gliedern deutete ich willkürlich im Menü herum. Es war auf Mandarin geschrieben, eine englische Übersetzung der Speisen gab es nicht. Der Kellner, stellte ich mir vor, weil ich den Augenkontakt mied, musste erstaunt seine Augenbrauen hochziehen.

Das Bier kam, als ich schon einen halben Liter Wasser getrunken hatte. Der Trotz war zu einer nervösen Wut geworden. Der Tisch, das Glas und meine Oberschenkel mussten das Klopfen meiner Finger, der Boden jenes meiner lederbesohlten Schuhe und die Decke das Starren meiner geröteten Augen ertragen. Jetlag.

Was war geschehen, was hat mich so aufgeregt? An die genauen Gründe wollte ich mich nicht erinnern. Die Wut erfreute mich zu sehr.

Ich leckte mir den Schaumbart von der Oberlippe, sah mich um. Der Gastraum war größer, als es von außen den

Anschein gehabt hatte. Es erstaunte mich, weil der Platz in der Stadt eng bemessen war. Die Größe hier fiel noch mehr dadurch auf, weil ich der einzige Gast war. Ich musste eine ungewöhnliche Zeit gewählt haben. Außer meinem Tisch war nur ein sehr großer besetzt, an dem Küchenpersonal, Kellner mit einigen Männern und Frauen in Straßenkleidung saßen. Eine Großfamilie, mutmaßte ich, die das Lokal betrieb und zu Abend ihre Verwandten und Bekannten verköstigte.

Der Kellner brachte eine Art Erdäpfelsalat. War es derselbe Kellner, der meine Bestellung aufgenommen hat? Ja. Ryan, las ich auf einem goldenen Namensschild über der rechten Brust, ein schlaksiger junger Mann um die zwanzig.

War es wieder Trotz, der mich den ersten, zu großen Bissen machen ließ? Ich hatte die Gabel in die Schüssel gerammt, mehrere Erdäpfelscheiben und Meeresfrüchte aufgespießt und musste den Mund weit aufreißen. Erdäpfel und Schrimp waren mit einer dickflüssigen Sauce überzogen, die ich nicht untergemischt hatte, wie es vermutlich üblich war, sodass eine konzentrierte, brennende Schärfe den ganzen Mundraum ausfüllte, von dort hinauf zu Augen und Nase stieg und sie feucht werden ließ, die Wangen wärmte. Hastig schluckte ich die kaum gekaute Masse hinunter. Den großen Schluck Wasser danach hätte ich fast hinaus gehustet, da ich von der Schärfe hatte aufstoßen müssen. Im Wasserglas schwammen kleine Stücke Erdäpfel und Schrimp. Ich nahm ein anderes. Mit dem Messer hob ich die oberste Schicht des Salats an und pickte jene Erdäpfelscheiben heraus, die nicht von Sauce bedeckt waren.

Ryan hatte das nicht mitbekommen. Er saß schon am Tisch der Großfamilie, die einen guten Witz gehört haben musste und lachte. Ryan lächelte schmal und trank ein hellbraunes Getränk in kleinen, nervösen Schlucken. War er verwandt mit ihnen, nur ein Angestellter? Er schien mir nicht recht ins Bild zu passen. Als die Gesellschaft erneut in Lachen ausbrach, sprang er hastig auf, als ob er etwas vergessen hätte, und kam auf meinen Tisch zu. Der Salat sah wegen der Grabungen unter seiner Oberfläche nahezu unberührt aus. Das war mir peinlich.

Ich hatte Glück. Ryan ging an mir vorbei. Das Lachen der Familie schien lauter zu werden. Ich wollte herausfinden, wie Ryan und das Lachen zusammenhingen, und musste den Kopf verrenken, um ihn sehen zu können. Er war zur Bar gegangen, blickte zu seiner Familie, wandte sich ab, senkte den Kopf und steckte ein Glas nach dem anderen auf den gurgelnd zischenden Gläserspüler. Dabei konzentrierte er sich vollständig auf diese Aufgabe und schaute kein einziges Mal auf. Seine Züge verhärteten sich, soweit ich das von seinem gesenkten Kopf am Rand meines Blickfeldes ablesen konnte. Ist Trotz ein universelles Gefühl mit einem universellen Satz von Verhaltensmustern? Einige Familienmitglieder sahen immer wieder mal kurz zu Ryan und mir. Meine Versuche, den Blicken standzuhalten, scheiterten. Ich verstand Ryan.

Als er mit dem Spülen fertig war, bemerkte er die nahezu eingetretene Stille, die mir schon ganz unangenehm geworden war. Bemüht unauffällig schaute er hinüber zu seiner Familie. Ich folgte seinem Blick. Wir sahen, hörten, dass die Unterhaltung leiser geworden war, ernster wirkte. Unseren Blicken oder dem Ausweichen ihrer Blicke wegen?

Ich trank einen Schluck Bier. Nein. Der Ernst, die Stille galten meinem Kellner. Ich war der Kunde und konnte es mir erlauben, konnte mir die Blicke und das viele Essen leisten, das andere Kellner nun in kurzen Abständen vor mir aufstellten.

Blut, Bratensaft und Fett eines Steaks verrannen am Weiß des Tellers zu einem Muster. Das Fleisch war gut, aber gewöhnlich. Im Sinne von gewohnt. Es schmeckte wie Steak, war auf keine mir unbekannte Art gewürzt. Trotzdem würde ich nicht alles schaffen.

Ich kaute ein zu groß geschnittenes Stück, blickte zu Ryan, der Bilder an der Wand hinter der Bar vom Staub befreite, und erinnerte mich an meine erste Zeit im Außenministerium. Die aufsteigenden Erinnerungen konnte ich nicht wie das Fleisch hinunterschlucken.

Meine Kollegen, allesamt älter, beeindruckten mich mit ihrem Wissen, das sich nicht nur auf ihr Fach beschränkte. Ihre amtlichen Schreiben beschwerten sie mit griechischen und römischen Zitaten, privat unterhielten sie sich über Literatur und Musik. Mir blieb zu nicken und Ja zu sagen, um mein Unverständnis zu überspielen. Meine schulische Ausbildung war vom Krieg zwar nicht ganz verhindert, aber eingeschränkt worden. Und nach Kriegsende schien mir auch mein Studium der Geschichtswissenschaften im zerbombten Wiener Universitätsgebäude auf mein Fach eingegrenzt. Das redete ich mir später im Ministerium zumindest ein, was die Scham aber nicht verringerte. Ihretwegen las ich meine Groschenromane am Klo. Ein Kollege erwischte mich einmal mit *Tom Grey's Abenteuer* oder *Kapitän Grant's Weltabenteuer*. Mein Gesicht muss so rot wie der Einband dieser Hefte gewesen sein.

Vielleicht trug ich dieses Rot noch auf dem Gesicht, als mein Vater mir mangelnden Antrieb vorwarf. Das Rot wäre dann von einer anderen Scham dunkler geworden, hatte mir doch sein Name den Posten verschafft. Nach dem Krieg, so hörte ich die älteren Kollegen hinter meinem Rücken sagen, hätte das Außenministerium aus Personalmangel sowieso alles genommen, was am Papier halbwegs unbefleckt gewesen war. Noch dazu, wenn es von solch einem Stamm gefallen war. Ich machte mir in dieser Hinsicht mittlerweile nichts mehr vor. Damals überlegte ich aber, wie ich mich verbessern könnte.

Sollte ich mein Latein auffrischen, Altgriechisch im Selbststudium lernen, ins Konzerthaus gehen? Sobald ich sie gefasst hatte, verwarf ich diese Ideen aber wieder. Schließlich war ich das Aufschieben leid und kaufte einige Bücher. Dabei achtete ich weder auf Titel noch auf Namen, weil mir peinlich war, weder das eine noch das andere zu kennen. Noch peinlicher war es mir, als ich zu Hause herausfand, dass ich moderne Literatur und keinen einzigen Klassiker gekauft hatte. War es Trotz, der mich die Bücher dennoch lesen ließ? Und warum lese ich alles in dieser Erinnerung als Widerstand, schreibe mir dieses Verhalten zu? Ich weiß es nicht, und egal, was es damals war, ich war froh, sie gelesen zu haben, fand ich mit ihnen doch etwas, das meine Kollegen nicht kannten und von dem ich selbst nicht gewusst hatte, dass ich es brauchte.

Ein Bild aus den ersten Seiten von Ilse Aichingers *Die größere Hoffnung* hatte sich mir etwa sofort eingebrannt. Ellen, die junge Protagonistin, reißt am Gang eines Konsulats eine Weltkarte von der Wand und breitet sie auf dem Boden aus. Mit einem Papierschiff, gefaltet aus einem Fahrschein, fährt sie die Meere auf der Karte ab, schläft dabei auf ihr ein und hat einen Albtraum. Um Mitternacht stolpert der Konsul auf seinem Nachhauseweg über Ellen. Sie schläft weiter. Später wird er Ellen ein Visum verwehren.

Vor dem und während des Krieges hatte mein Vater eine stattliche Weltkartensammlung. Sein liebstes Stück, hörte ich ihn beim Besuch eines befreundeten Offiziers auf Fronturlaub sagen, sei ein Globus, den er kürzlich gefunden habe. Ein englisches Fabrikat aus der Blütezeit. Zwar nur eine Kopie, aber sofort hätte er sich in ihn verliebt. Tags zuvor hatte ich meinen Vater den Globus mit einer Feile bearbeiten sehen. Ein neuer fransiger Fleck durch das Feilen von Papier und dem darunterliegenden Holz war entstanden. Um den Namen des Herstellers zu entfernen? Oder um einen Makel auszubessern, wie mein Vater mir versicherte, als er mich in der Tür zum Salon bemerkte? Nach dem Krieg war der Globus im Stadthaus unauffindbar. War er von der Fliegerbombe auf den Ostflügel des Landhauses vernichtet worden? Dort hatte mein Vater seine Sammlungen deponiert, als das Ende sich abzuzeichnen begann.

Das Restaurant füllte sich allmählich. An den Erinnerungen kauend hatte ich es nicht bemerkt. Ich schreckte auf, als am Nebentisch ein Mann laut lachte und davon husten musste.

Auf meinem Tisch türmte sich das Essen. Ich könnte es an die anderen Gäste, an die Obdachlosen verteilen, die es auch in Singapur geben musste. Ich verlangte die Rechnung. Da ich kein Bargeld bei mir hatte, schrieb ich einen Travellerscheck mit fünfzehnprozentigem Trinkgeld. Galt das hier als unschicklich? Ich wusste es nicht und legte den Scheck verkehrt auf den Teller, auf dem die Rechnung gekommen war. Ich verließ das Lokal. Ryan telefonierte. Er lehnte an der Wand hinter dem Empfangstisch, hörte zu. Immer noch war sein Lächeln schmal. In diesem Moment, im Zwielicht des Eingangsbereichs sah es aber schön aus, ungezwungen. Der Anblick schmerzte. Ich wich ihm aus.

Er musste dumm sein, dachte ich, seine Scham so schnell vergessen zu können. Woher konnte ich aber wissen, was Ryan fühlte? Warum sollte ich zur Einsicht in die Gründe für die Gefühle anderer fähig sein, wo ich doch nicht wissen wollte, was mich aus dem Besprechungszimmer getrieben hatte? Ich fand keine Antworten. Die Fragen, der Jetlag und der leichte Schwips verwirrten mich. Vor dem Lokal konnte ich nicht aufhören, mein Sakko zurechtzuziehen. Die Sonne ging im Neonlicht unter.

Gerne hätte ich jetzt eine Epiphanie gehabt, eine Verbindung zwischen Ryan und mir gespürt, um darin eine Erkenntnis zu finden. Ryan war von der äußeren Welt seiner lauten Familie in die innere, private Welt seines geflüsterten Telefongesprächs geflüchtet, ich von einer vergangenen kleinen in die neue große Welt. Doch so funktionierte das nicht. Nirgends. Nie.

Ein Tourist bat mich um Feuer. Ich funktionierte, zückte lässig mein Zippo. Wir unterhielten uns eine Weile über die Industrialisierung der Stadt, die Maschinen aus Österreich brauchte. Zum Abschied empfahl ich ihm das Lokal. Das Essen sei gut. Grinsend ging ich in Richtung Collyer Quay. Kollegen wie Interessenten würden in der Delegation auf mich warten.

Ich dachte an das unberührte Essen. Ohne Nachgeschmack, ohne Sodbrennen. Wut und Scham waren verflogen. Ich stellte mir vor, niemand räumte das Essen ab. Es stünde auf dem Tisch, verrottete, zöge mit unsäglichem Gestank Fliegen, Mücken, Mäuse, Ratten, Katzen und Mader an. Schließlich, wenn nichts Essbares mehr auffindbar wäre, würde es ruhig werden und nur der Tisch, Besteck und Geschirr übrig bleiben, das Tischtuch. Zu große Erwartungen.

Auf den langen Reisen für das Handels- und Wiederaufbauministerium fand ich Zeit für die Klassiker.

Zukunft in der Ankunft – 1962

Der geringe Anflugwinkel bewirkte, dass sich Nauru im Orange-Rot der untergehenden Sonne kaum vom Meer abhob. Auf der Abbildung im aufgeschlagenen Magazin am Nebensitz schien der Inselstaat eine nahezu perfekte Form zu haben. Ein Oval, vollständig von Sand- und Korallenstränden umgeben, das Inselinnere dicht bewachsen. Die Perfektion störten lediglich eine Delle in einer der Längsseiten und die Landebahn an einem der Enden der Insel, die, wie unser Gastgeber über den Lärm des zweimotorigen Flugzeugs schrie, ein Geschenk der Japaner gewesen sei.

Die ehemalige Militärmaschine aus britischem Bestand setzte sanft auf. Ich sah, wie sich Johann andeutungsweise bekreuzigte, als er seinen Oberkörper, soweit es die Sicherheitsgurte zuließen, zu den Knien senkte, mit der rechten Hand kaum merklich die vertrauten Bewegungen ausführte, die allerdings nur mich zu interessieren schienen. Unser Gastgeber, der nauruische Präsident, saß uns gegenüber und blickte über die Schulter auf sein kleines Land, das in den Bullaugen der Maschine unwirklich schnell vorbeizog. Stolz lag in diesem Blick.

Wie wir es von anderen Flughäfen in selbstbewussten, weil aufstrebenden Kolonien, Satellitenstaaten oder Übersee-Départements gewohnt waren, war der Empfang von einer spartanischen Opulenz. Der Flughafen bestand aus nichts anderem als dem Tower und der Piste, auf der für uns ein roter Teppich ausgerollt worden war. Als wir ausstiegen, hörten wir ein kleines Blasorchester die österreichische Bundeshymne spielen. Durch das Rauschen der nahen Brandung klang sie wie aus einem Radio mit schlechtem Empfang, obwohl sie aus den mit einer Patina überzogenen Instrumenten kam. Johann und ich kannten das, dennoch war es uns beiden peinlich, wie mir der Gesichtsausdruck meines Kollegen, den ich aus dem Augenwinkel sah, bestätigte. Wir dankten dem Orchester, winkten und lächelten in die Kameras, die von uniformierten Männern bedient wurden. Der Teppich endete bei einem großen schwarzen Mercedes. Wir stiegen ohne Passkontrollen ein und vertrauten darauf, dass man sich um unser Gepäck kümmern würde.

»Die Limousine«, sagte der Präsident vom Beifahrersitz zu uns nach hinten gewandt, »ist noch in Reparatur. Ich habe deshalb einen meiner Wägen für den Staatsdienst bereitgestellt.« Wir wussten nicht, ob sein Lachen bedeutete, dass er einen Witz gemacht hatte oder ob er protzen wollte, und lächelten weiter. Eine bekanntermaßen wirksame diplomatische Methode.

Auf der Rückbank konnte ich Johann zum ersten Mal seit dem Abflug aus Brisbane etwas fragen, ohne schreien zu müssen.

»Was hältst du von ihm?«

Ich achtete darauf, von unserem Gastgeber weder gesehen noch gehört zu werden, da Flüstern in einer unbekannten Sprache wenig vertrauenerweckend wirkt.

»Er ist enthusiastisch«, flüsterte Johann. »Das auf jeden Fall.«

Ich nickte. Wir reisten im Auftrag des österreichischen Aufbauministeriums mit wechselnden Delegationen von Wirtschaftstreibenden durch die Welt, suchten Investitionsmöglichkeiten und priesen Österreich als guten Investitionsstandort an. Vor unserer Rückreise nach einer längeren Tour durch Neuseeland und Australien hatten Johann, ich und die sechs anderen Kollegen eine Delegation österreichischer Maschinenbauer in Brisbane getroffen, um die dortige Landwirtschaftsmesse zu besuchen. Am Stand eines Düngemittelherstellers waren Johann und ich von einer nauruischen Delegation angesprochen worden, die nach Gesprächen in Canberra ebenfalls noch Zeit für die Messe gefunden hatte.

Auf Nauru befanden sich große Ablagerungen von phosphathaltigem Guano. Die Nauruer bauten es im Auftrag einer britisch-australisch-neuseeländischen Treuhandgesellschaft für wenig Lohn ab. In Canberra sei man Besuche der Nauruer gewohnt, meinte ein australischer Vertreter des Düngermittelherstellers. Sie wollten die Unabhängigkeit oder wenigstens eine höhere Gewinnbeteiligung, um ihr Schicksal selbst in die Hand nehmen zu können. Der Vertreter verstehe das einerseits, aber andererseits profitiere sein Unternehmen vom geringen Lohn der Nauruer und dem sich daraus ergebenden günstigen Rohstoffpreis.

Am Brisbaner Flughafen fand ich in vielen Zeitungen Berichte über die Verhandlungen der Nauruer. Die Treuhänder hatten andere Pläne für die gesicherte Zukunft ihrer Treugeber. Eine Unabhängigkeit wäre sinnlos für die Nauruer. Experten verkündeten nämlich, dass das Phosphat noch dreißig, höchstens vierzig Jahre reiche. Da es das einzige Exportgut der Insel sei und sich die Nauruer an die moderne Lebensweise gewöhnt hätten, wäre ohne Phosphat jede weitere ökonomisch autonome Existenz auf der Insel nach dem vollständigen Rohstoffabbau undenkbar, waren die Treugeber sich sicher. Das australische Modell sah deshalb vor, alle Nauruer in eine Planstadt am australischen Festland zu übersiedeln. Von Neuseeland kam ein ähnlicher Vorschlag. Die Briten stahlen sich mit dem Argument der großen Ferne aus der Verantwortung.

In einem dieser Artikel wurde UN-Generalsekretär U Thant zitiert. Er begrüße die Unabhängigkeitsbestrebungen der Mikrostaaten, wolle ihnen aber keine Hoffnung auf Vollmitgliedschaft in der UN machen. Er versprach Nauru eine Beobachtermission in Genf, Teilnahme an Entwicklungsprogrammen und die Wahrung der Sicherheit und Integrität seiner Grenzen.

In dem Magazin, das ich aus der Lounge des Flughafens gestohlen und im Flugzeug gelesen hatte, fand ich einen längeren Artikel über die Geschichte der Insel. Zu Beginn dieses Jahrhunderts hatte ein Brite im Dienste Neuseelands die großen Phosphatvorräte auf der Insel entdeckt. Im Ersten Weltkrieg wurde sie von den Briten annektiert. Während des Zweiten Weltkriegs wurde sie von den Japanern erobert, die den Guano von den Nauruern zur Herstellung von Phosphormunition abbauen ließen. Nun, stand im letzten Absatz, wurde aus dem nauruischen Phosphat der weltbeste Dünger hergestellt. In Australien.

Wir hatten auf der Messe kein Interesse für einen Besuch bekundet. Da aber der Anschlussflug nach Bombay wegen eines Wirbelsturms gestrichen worden war und der TWA-Flug Bombay–Rom nur wöchentlich geflogen wurde, hatten Johann und ich die Einladung doch noch angenommen. Unsere Kollegen würden derweil in Brisbane auf uns warten.

»Peter?«

»Ja?«, fragte ich erschrocken, richtete mich auf. Am glatten Leder des Sitzes war ich im Nachdenken, ohne es zu merken, in eine bequemere Position abgeglitten.

»Glaubst du«, fragte Johann, »dass man eine Nation … nein … einen Staat, einen Nationalstaat … nein, das ist es auch nicht … dass man ein Land verstehen kann?«

»Wie bitte?«

»Du kommst aus Baden, ich bin aus Innsbruck und war noch nie in Baden. Trotzdem weiß ich, dass ich Österreicher bin. Aber verstehen kann ich das Land nicht, eben weil ich

19

Österreicher bin und noch nie in Baden war. Hier ist das einfacher. Ich verstehe Nauru, weil es klein ist und vor allem weil ich kein Nauruer bin. Weißt du, was ich meine?«

»Dir fällt der Blick von außen leichter als der Blick von innen, die Fernsicht scheint dir besser als die Nahsicht, meinst du das?«

»Nein, Luxemburg ist mir auch ein Rätsel. Obwohl … ja … die Fernsicht … Wenn man etwas Großes nur als kleinen verschwommenen Punkt wahrnimmt, sich die genauen Konturen bloß vorstellen kann … Aber ein Land ist ja eine vorgestellte Kontur …«

»Das Meer lässt dich Nauru verstehen«, fragte ich, ohne viel nachzudenken, »oder andersrum: die Abgeschlossenheit der Insel?«

»Ja … nein … vielleicht … Ich weiß nicht mehr, was ich sagen wollte. Der Flug … er muss mich doch stärker mitgenommen haben.«

Johann wandte sich ab, starrte aus dem Fenster, gähnte in die Hand, mit der er sich zuvor bekreuzigt hatte.

Ich erwischte den Blick des nauruischen Präsidenten im Rückspiegel. Wir hatten zu laut gesprochen. Strenge war in seinen Zügen zu lesen, die sofort umschlug, als er meinen Blick bemerkte. Er lächelte. Ich erwiderte es, hoffte, er würde unser Gespräch vergessen.

Diese Sorge beschäftigte mich nicht lange. Johanns Frage erinnerte mich an einen Urlaub. Nach dem bestandenen Rigorosum fuhr ich allein nach Triest, um ein letztes Mal zu versuchen, mich im Leben zu verlieren und danach selbst zu finden. Anfangs war es aber mehr Verlieren als Finden. Mein Italienisch war schlechter als erwartet. Ich sprach kaum. Am dritten Tag traf ich endlich Österreicher. Ich glaubte, mich in eine Salzburgerin verliebt zu haben. Mit einem Grazer habe ich um sie gekämpft und verloren. Dann haben wir uns versöhnt und sind nachts alle ins Strandbad eingebrochen. Man lernte einander kennen, vorsichtig, oberflächlich, durch einen Alkoholschleier weichgezeichnet, sprach mehr über die Zukunft. Die Vergangenheit war vorbei. Zumindest empfand ich es so.

Ein Jahr später war ich im Außenministerium, tat es meinem Vater, meinem Großvater gleich. Gemeinsam mit dem Innenministerium bereiteten wir uns auf den Besuch des australischen Arbeitsministers vor, der auf der Suche nach Einwanderern für sein Land war, vor allem Landwirte, um Australiens Lebensmittelproduktion zu steigern. Ich bebte innerlich, war ebenso nervös wie motiviert, wollte alles richtig machen und lernte wichtige Lektionen. Zum Beispiel, dass man sich immer zufrieden über den Ausgang von Gesprächen zeigte. Auch wenn einem der Glauben daran fehlte, mussten die eigenen Worte nach außen plausibel und überzeugend wirken. Helmer etwa war skeptisch gegenüber Holts Plänen, wollte gesicherte Arbeitsplätze für alle auswanderungswilligen Österreicher, sagte den Zeitungen bei einem Pressetermin aber, er halte viel vom australischen Vorschlag.

Ich verlor die Sache bereits kurze Zeit später aus dem Blick, sie fiel nicht mehr in meine Zuständigkeit.

Das Bremsen riss mich aus der Erinnerung. Wir hielten an. Der Fahrer öffnete zuerst dem Präsidenten, dann Johann und schließlich mir die Tür. Wir hatten ein Hotel erwartet, doch befanden wir uns vor dem Gebäude der Treuhandgesellschaft, wie es eine Plakette am Zaun vor dem penibel getrimmten Rasen auswies.

Der Präsident bedankte sich für unseren Besuch. »Morgen früh beginnt das offizielle Programm. Um zehn Uhr werden Sie abgeholt. Ich wünsche Ihnen eine gute Nacht.«

Wir folgten dem Fahrer, der unsere Koffer zum Haus trug. Auf sein Klingeln wurde die Tür geöffnet. Ein nauruischer

Mitarbeiter der Gesellschaft trat heraus, begrüßte uns. Es war dunkel geworden. Bald würden Delle und Flughafen in der Nacht verschwinden. Da fluchte Johann laut. Ich wusste warum, als er seinen Hut abnahm.

Ein Witz nahm Gestalt an. Der beschissene Hut hätte den Nauruern in vierzig Jahren eine Mikrosekunde mehr Zeit gegeben. Etwas in der Art. Ich schwieg, hielt Johann ein Taschentuch hin. Dankend nahm er es an.

Verstehen fällt leichter, wenn man das Ende kennt, dachte ich müde, ohne zu wissen, was das bedeuten sollte.

Sibbolet – 1971

»War Scholl-Latour schon dort?«, scherzte ich, um die Stimmung zu heben. Zum Glück hatte niemand meine Bemerkung gehört oder meine Kollegen hatten sie gehört und keines Kommentars für würdig befunden. Verdientermaßen. Wir hatten vor der übermorgigen Abstimmung den Report der Spezialkommission zur Apartheid und die sich auf ihn beziehenden Resolutionsentwürfe besprochen. Die Pass- und Immoralitätsgesetze wurden weiterhin aufs Schärfste ausgelegt und aufs Strengste angewandt. Erneut waren tausende nichtweiße Familien zwangsumgesiedelt worden und der neu erlassene Bantu Homelands Constitution Act sah vor, dass in Zukunft Bantustans, wie der Transkei einer war, eine Art Scheinunabhängigkeit gewährt werden konnte. Der Report erkannte darin eine Verhöhnung der schwarzen Mehrheit, da die Gesamtfläche der Bantustans höchstens ein Achtel des südafrikanischen Staatsgebietes ausmachte und diese Gebiete darüber hinaus arm an Bodenschätzen und kein gutes Ackerland waren. Deshalb würden diese neuen sogenannten Nationen auch künftig als Pool billiger Arbeitskräfte vom weißen Südafrika abhängen, das diese Enklaven vollständig umschloss. Ein Entwurf der skandinavischen Länder sah die Aufstockung des UN-Trust-Fonds zur Unterstützung der Opfer der Apartheidpolitik vor, ein Entwurf verschiedener afrikanischer Länder, die konzentriertere Untersuchung von verfolgten Priestern und misshandelten Gefangenen. Wir würden für alle Resolutionen bis auf eine stimmen, die den Sicherheitsrat aufforderte Zwangsmaßnahmen gegen Südafrika zu ergreifen. Dabei hatten wir im Vorhinein keine Zeit für die Besprechung gefunden und sie auf diesen Samstag verlegen müssen. Seit UN-Botschafter Waldheims Kandidatur für den Posten des Generalsekretärs kein offenes Geheimnis mehr war, schien die Zeit schneller zu vergehen. Es wurde kein öffentlicher Wahlkampf geführt, weil es keine Wahl war, sondern eine Ernennung, wie Waldheim stets betonte, weshalb wir auch nicht als Wahlhelfer fungierten. Und dennoch blieb uns kaum Zeit, alle Entwürfe und Arbeitspapiere durchzulesen. Die im Vorfeld vieldiskutierte Entscheidung von Ende Oktober gegen eine Zwei-China-Lösung und für Pekings Übernahme des chinesischen Sitzes von Taipeh in der Generalversammlung war mit einer beängstigenden Geschwindigkeit an mir vorbeigezogen. Hieß es nicht, dass die Zeit das machte, wenn man älter wurde? Vielleicht weil man mit zunehmendem Alter glaubte, alles gesehen, erlebt und gefühlt zu haben. Die Erinnerungen legten sich über die Gegenwart wie ein Film, ein Ölfilm. Durch ihn sah man alles verschwommen, auf ihm rutschte man aus. Wie ich vorhin mit dem Versuch eines Witzes. Weil sich damals und heute nie wirklich und gänzlich gleichsetzen lassen. Wie die Scheinunabhängigkeit der Bantustans, die mich an die gescheiterten Unabhängigkeitsbestrebungen Biafras erinnert hatte, an einen Artikel Scholl-Latours.

Vor drei Jahren war Waldheim noch österreichischer Außenminister gewesen. Medienwirksam hatte er in dieser Funktion einen hochrangigen Diplomaten die Möglichkeiten internationaler humanitärer Hilfeleistungen für Biafra ausloten lassen. In New York hatten wir vermutet, er wolle sich mit dieser Aktion für den Posten des Generalsekretärs empfehlen. Sein Antritt zur österreichischen Präsidentschaftswahl war für uns dementsprechend überraschend gekommen. Das Ergebnis der Wahl und jenes der von ihm initiierten diplomatischen Mission nicht. Die Unabhängigkeit Biafras war nur von wenigen afrikanischen Staaten anerkannt worden, und auch jene wenigen hatten es als innerafrikanisches Problem erachtet, weshalb die Generalversammlung jede Verhandlung über diese Agenda als neokolonialistische Einmischung in die Geschicke eines Nichtmitgliedes abgetan hatte.

Die Bantustans waren anders, würden aber ähnlich wie Biafra behandelt werden. Südafrika war ein anerkanntes UN-Mitglied, und schon die Gründung dieser zwangsbesiedelten, scheinunabhängigen Nationen verstieß eindeutig gegen das Selbstbestimmungsprinzip der schwarzen Mehrheit. Doch nicht nur in Großbritannien und in Rhodesien hatte die Regierung Vorster ihre Unterstützer, die ihr halfen, die Waffen- und Handelsembargos der UN erfolgreich zu unterlaufen. Die weiße Wirtschaft boomte, Polizei und Armee wuchsen.

Ein möglicher Grund der Ablehnung der Bantustans und die Betonung ihrer scheinbaren Unabhängigkeit könnte aber die Furcht vor der Blockbildung kleinerer Staaten sein. Seit Längerem wurde auf den Gängen des Hauptquartiers gemunkelt, die größeren Staaten wären deshalb gegen die vermehrte Aufnahme kleinerer Staaten. Diesbezügliches hatte ich nach den Berichten über den heuer abgeschlossenen Freundschaftsvertrag zwischen San Marino und Italien gehört.

Die Besprechung war vorbei, und wir verließen den Sitzungsraum. Ich verabschiedete mich von den Kollegen und ging in mein Büro, um Tasche und Mantel zu holen. Die Tasche lag neben dem schweigenden Telefon am Schreibtisch. Meine Sekretärin hatte keine eingehenden Anrufe notiert. Ich hob den Hörer von der Gabel. Es war ein kurzes Gespräch. Nicht mit meiner Frau. Es wäre zu spät gewesen. Ich hatte Jane versprochen, das Wochenende freizunehmen, um ihre Eltern in der Nähe von Pittsburgh zu besuchen. Morgen würde sie mit ihren Eltern, Geschwistern, Schwägerinnen und Schwagern, Nichten und Neffen auf den Hochzeitstag ihrer

Eltern anstoßen. Am Frühstückstisch sagte sie, ich könne mir sparen nachzukommen. Ohne sie würde ich den Weg zu ihrem kleinen, unaussprechbaren Heimatort ohnehin nicht finden. Entnervt wollte ich die Küche verlassen. Sie war schneller.

Draußen war es frisch. Wenn ich die Fahrenheit des Thermometers, das auf der Eingangstür eines Cafés hing, in Celsius übersetzte, hatte es jedoch keine Minusgrade. Die U-Bahn-Station lag in der Nähe. Ich ging langsam.

In der Station angekommen, kaufte ich das neue *Time*. In einem Artikel wurde U Thant porträtiert und die schwierige Suche eines Nachfolgers beschrieben. Ich blätterte weiter.

In seiner Hälfte wurde der Artikel von einer ganzseitigen Werbung unterbrochen. »Tishman is making America's cities look up« stand als Slogan am Ende des Werbetextes, der den Stahl der *Tishman Realty & Construction* als unerlässlich für den Erfolg und die Sicherheit seines prestigeträchtigen Hochhausprojektes anpries. Beide Türme hatten in diesem Jahr ihre finale Höhe erreicht. Fertig waren sie noch nicht. Aber schon jetzt sollen sie den Fernsehempfang in Manhattan stören. Davon habe ich nichts bemerkt.

In meiner ersten Zeit in der Stadt hätte ich sie gut als Orientierungshilfe brauchen können. Damals war mir alles so viel größer und höher vorgekommen als alles, was ich bisher gekannt hatte. Und es wurde ständig höher. Zu hoch für mich? Hieß es nicht auch, dass man mit zunehmendem Alter schrumpfte? Meine U-Bahn fuhr ein. Ich steckte das Magazin in die Aktentasche.

Runde zehn Jahre war ich jetzt schon in New York. Wieder runde zehn Jahre davor war ich zum ersten Mal in diese großartigste aller Städte gekommen, um ein Volontariat im österreichischen Generalkonsulat anzutreten.

In den ersten beiden Wochen musste ich mir ein Hotelzimmer nehmen, da entgegen den Beteuerungen meines

Vermieters meine Wohnung nicht bezugsfertig war. Gleich nebenan fand ich ein Hotel. Von außen sahen sich das Gebäude meines Apartments und das Hotel sehr ähnlich. Nur war mein Gebäude im Besitz einer Maklerfirma, während das Hotel einem älteren Ehepaar gehörte. Ich vermutete aufgrund der Größe des Hauses und der gediegenen Stattlichkeit seiner Fassade, dass die Besitzer des Hotels einer alten Familie, altem Geld, wie man in den Staaten sagte, entstammen musste. Von meinem Zimmernachbarn John erfuhr ich, dass sie ihren einzigen Sohn im Krieg verloren hatten.

An einem Freitag kam ich früher als üblich ins Hotel und sah die Tür zu jenem Zimmer, das meinem gegenüber lag, offen stehen. Es war ein Jungenzimmer. Der Wimpel eines Colleges hing über dem Bett, auf dem die Mutter saß. Sanft drückte sie den Kopfpolster mit der flachen Hand ein. Ich glaubte bei diesem Anblick, die Amerikaner verstanden zu haben. Neben dem Bett hing ein gerahmtes Bild. Eine dampfende Eisenbahn, Büffel, ein Cowboy auf einem Hengst. Die Amerikaner hatten sich ihre Leben und Erinnerungen selbst und hart erarbeiten müssen. Deshalb ließen sie sie nicht los.

Möglich, dass sich Jane bei unserem ersten gemeinsamen Österreichbesuch aus diesem Grund so erstaunt über die Entscheidung meiner Eltern gezeigt hatte, aus meinem alten Zimmer im Badener Landhaus ein Lesezimmer zur Entlastung der überbordenden Bibliothek zu machen. »Ohne dich zu fragen? Mich hätte das gestört. Und hast du nicht gesagt, dass du in diesem Zimmer zur Welt gekommen bist?«

Heute weiß ich, ich hatte beim Blick durch den Türrahmen ins Kinderzimmer des toten Soldaten, wenn überhaupt, nur einen Teil einer Minderheit der Amerikaner verstanden, die amerikanischen Soldatenmütter.

Ob ich je etwas verstehen würde können?

Ich hätte mit ihr fahren sollen. Es wäre mein erster Besuch

bei Janes Eltern gewesen. Geheiratet hatten wir standesamtlich. Eine spontane Entscheidung. Ungewöhnlich für mich, und für sie, wie sie mir auf unserer Hochzeitsreise gestand, deren Planung länger gedauert hatte als jene der Hochzeit.

Der Artikel fiel mir wieder ein, doch zu spät, ich war schon in der Nähe des Prospect Parks. Jane und ich lebten und arbeiteten in Manhattan. In Brooklyn schien mir alles niedriger und dunkler zu sein. Es lag keine Wertung in dieser Feststellung. Meine Gedanken versuchten aber eine daraus zu machen. Der Weg zum Hotel hatte sich in den rund zwanzig Jahren, seit ich ihn das erste Mal gegangen war, kaum verändert.

John begrüßte mich mit einem langen Kuss. Ich hätte mich zu lange nicht gemeldet. Seit meiner Rückkehr hatten wir uns nur gelegentlich getroffen. Nicht so oft, wie wir beide es wollten. Nicht zu oft, um unsere Leben zu gefährden, die wir unabhängig voneinander aufgebaut hatten. Oft genug, um mir am Nachhauseweg jedes Mal Vorwürfe zu machen, den Posten im Außenministerium angetreten zu haben. Wäre ich in New York geblieben, hätten wir zusammen sein können. Es wäre leichter geworden, das gesellschaftliche Klima milder, mit der Zeit hätten wir gemeinsam Möglichkeiten gefunden und …

Ich wollte in der Freude über unser Wiedersehen nicht dem Hättiwari verfallen, wie man in Österreich sagte, und umarmte ihn nach unserem Kuss. Unsere Körper waren weicher geworden. Ihre Verbindung, die vertraute Sicherheit schwer zu lösen. Johns dicke Brillengläser waren angelaufen. Von meinem Atem, unserer Hitze? Lachend nahm er sie ab, zog sich aus.

»Man hat das Bild ausgetauscht«, sagte John. Er saß halb aufgerichtet gegen Polster und Betthaupt gelehnt. Ich lag auf seiner Schulter, sein Arm um meine Mitte. Um das Bild zu sehen, musste er nur leicht den Kopf nach links wenden, ich meinen Kopf in den Nacken legen. Er beschwerte sich lachend, meine Haare kitzelten in seiner Achsel. Über dem Bett hing nicht mehr das Stillleben mit Vase. Ich richtete mich auf. John wollte mich zurück ins Bett ziehen. Ich drehte mich um zu ihm, lächelte und konnte dann das neue Bild erkennen. Ein Druck von Norman Rockwell. »Ein späterer Rockwell«, sagte ich.

Dieselbe Maklerfirma hatte nach dem Tod des Paares auch das Hotel gekauft. Schnell fand sich ein neuer Pächter, der das Hotel weiterführte. Es stand noch. Das Nebengebäude war abgerissen worden. Beim Kommen heute vermied ich es, Augenkontakt mit meinem Spiegelbild in der Glasfassade aufzunehmen.

Der Abriss störte mich. Als John aus dem Hotel in sein Studentenwohnheim gezogen war, besuchte er mich oft in meinem schäbigen Apartment. Ich erinnere mich noch genau daran, an das grüne Laminat in der Küche etwa, das sich vor den Wänden und dem Kühlschrank aufwellte und sich nicht flachdrücken ließ. An die Bombenschäden am Landhaus dagegen nur vage. Die Eltern hatten es schnellstmöglich renovieren lassen. Hatte bei Janes erstem Besuch dort nicht ich mich über die schnelle Veränderung gewundert? Es konnte sein, dass ich ihr in der Erinnerung die Frage in den Mund gelegt hatte, die ich mir selbst gestellt hatte. Sie konnte besser mit Veränderungen umgehen, war spontan, konnte loslassen. Ich wollte festhalten.

Als ich vor zehn Jahren den Posten im Generalkonsulat angetreten hatte, war ich gleich hierhergekommen. In der U-Bahn-Station beim Park hatte ich die Werbung für Johns Praxis gesehen. Ich habe angerufen. Nie würde ich ihn fragen, ob er sie dort als Zeichen platziert hatte. Er hätte lügen müssen. Auch jetzt fragte ich nicht. Ich wollte dieses zerbrechliche Glück nicht vom Zufall abhängig machen.

Auf dem Weg zur U-Bahn-Station kam ich an einem Zeitungsständer vorbei, der gerade mit der Abendausgabe der *New York Times* befüllt wurde. Der Mann steckte eine Ausgabe mit der Titelseite nach vorn hinters Glas und verschloss den Kasten. Sowjetunion und China geraten in UN-Debatte heftig aneinander. Ich ging weiter.

Ein Jahr nach meiner Rückkehr waren mehreren Bars die Ausschanklizenzen entzogen worden. Sie wären als »notorious congregating points for homosexuals and degenerates« bekannt gewesen, wie es in der Titelgeschichte der *Times* hieß. Eine der Bars war nur wenige Blocks von unserem Hotel entfernt, wo John mir den Artikel vorlas. Er gab den zitierten Polizisten, Priestern und Beamten lächerliche Stimmen. Den Hass ihrer Worte machte das nicht erträglicher. Ich gab zu, mich zu fürchten. Das machte John wütend. Sei nicht er es, der sündige, fragte er mit jener Stimme, die er einem Priester gegeben hatte, erhob dabei aber seine Stimme bis zum Überschlag. Als er die Frage nach einem Räuspern und leiser geworden qualifizierte, klang er wie er selbst: Ich sei ja frei, er der Ehebrecher. Wartete er darauf, dass ich lachte?

Vor zwei Wochen wurde über einen Gesetzesentwurf berichtet, der im Stadtrat zur Diskussion stand. Besonders heftigen Widerstand soll es gegen die Öffnung von Lehrberufen und der Feuerwehr für Homosexuelle gegeben haben. Eine Krankenschwester soll gesagt haben, sie wolle keinen »homo« als Lehrer für ihre Kinder. Daraufhin soll gebeten worden sein, dieses Wort nicht mehr zu verwenden, weil es herabwürdigend und beleidigend sei. Das hatten wohl nicht viele Menschen gelesen. Der Artikel hatte es nicht aufs Titelblatt geschafft, war irgendwo in der Mitte verschwunden. Das musste etwas bedeuten, dachte ich, bemerkte, dass ich daran dachte und stieg in die U-Bahn.

Aufgehoben, aber ... – 1978

Johann weckte mich auf. So sanft hatte die Maschine aufgesetzt, dass ich es verschlief.

»Wir sind da«, sagte er erleichtert.

Fast. Das Ziel unserer Reise war nicht diese Stadt im nördlichsten Teil Indiens, sondern das Königreich Sikkim. Runde zweitausend Quadratkilometer kleiner als Zypern, umrahmt von Nepal, Bhutan, China und eben Indien. Auf topographischen Karten sah es aus, als würden diese Länder Sikkim zusammendrücken, seine Landmasse an der Ostgrenze zum Kangchendzönga aufwerfen, dem dritthöchsten Berg der Welt.

Wir landeten auf dem Militärflughafen in Bagdogra. Unser Flugzeug, gechartert vom sikkimischen Außenministerium, wirkte zwischen den in ständiger Bereitschaft gehaltenen indischen Kampfflugzeugen fehl am Platz. Unser Begleiter, ein Engländer namens Fitzroy, drängte uns zur Eile. Wir waren keine Gäste, sondern Durchreisende. Und diese Reise hatte länger gedauert als erwartet und versprochen. Unsere Körper hatten erfahren, wie gigantisch Indien wirklich war. Vielleicht hatte sich Fitzroy deshalb ins kleine Sikkim zurückgezogen, wo er auch auf die Welt gekommen war.

Eineinhalb Jahrhunderte stand es unter britischem Protektorat. Anschließend übernahm Indien die Rolle des Protektors. Fitzroy war damals, wie er uns irgendwann auf der langen Reise erzählt hatte, aus Neu-Delhi gekommen. Er war vom Potential seines Geburtsortes, der sich bemühte, eine nationale Identität zu finden, vollkommen überzeugt.

Der Bergtourismus sollte in seinen Augen eine Facette dieser Identität werden, das Königreich weltweit bekannt machen. Und da kamen wir als Repräsentanten Österreichs ins Spiel. Auf dem Rückweg von Australien waren wir in Bombay gestrandet. Ein Streik der Mechaniker aller größeren amerikanischen Fluglinien musste sich auf den internationalen Flugverkehr ausgeweitet haben, sodass wir mindestens eine weitere Woche, vermutlich aber noch länger warten mussten. Johann und ich wollten die Wartezeit produktiv nutzen. Von der österreichischen Botschaft in Neu-Delhi ließen wir uns Auskunft über Anfragen geben, die unser Ressort betrafen. Am interessantesten erschien uns Fitzroy aus Sikkim. Von diesem Land hatten wir beide noch nie etwas gehört. Das reizte uns. Für Fitzroy sprach auch, dass er gerade geschäftlich in Bombay verweilte. Bei einem ersten Treffen umriss er kurz die Geschichte des Landes, in der es eine Verbindung zu Österreich gebe, seien doch viele Erstbesteigungen seiner höchsten Berge Deutschen und Österreichern gelungen.

Mir lagen hohe Berge im Gegensatz zu Johann nicht besonders. Fitzroy überzeugte aber auch mich mit seiner begeisterten, fanatischen Beschwörung der mystischen, mythischen Qualitäten Sikkims, der nicht nur auf den Bergen zu begegnen wäre, sondern auch in den Tälern, wo sich seine Menschen auf kleinstem Raum zu einem Vielvölkerstaat unter der Herrschaft eines religiösen, aber weltoffenen Königs zusammengefunden hätten. Er zeigte uns großformatige Farbfotografien, Entwürfe für mögliche Broschüren und Plakate. Zu sehen waren Panoramen eindrucksvoller Berge, üppige Landschaften, die manchmal wirklich an Österreich erinnerten, lachende Menschen in farbenfrohen Trachten und eindrucksvolle Tempel und andere Prachtbauten, die goldgelb verziert und mit Blumen geschmückt waren.

Nun standen wir also knapp vor den Toren dieses wahrhaften Shangri-La und fanden, der Eintritt war uns verwehrt.

Fitzroy war nach der Landung aus der Maschine gesprungen, als diese noch kaum angehalten hatte, sofort auf ein kleines Gebäude am Rand des Rollfeldes zugelaufen und darin verschwunden.

Johann und ich stiegen zögerlich aus und wurden von Militärpersonal mit professioneller Freundlichkeit zum Gebäude getrieben. Es war kühler als in Bombay, aber stickig. Der Geruch von Treib- und verschiedenen Sorten von Kunststoffen lag schwer über dem Flughafen. Es war laut. Unsere Maschine war propellergetrieben. Die Militärmaschinen waren großteils Jets. Die Turbinen heulten lautstark auf. Es musste sich um Tests handeln, da der Lärm konstant blieb, die Jets am Boden blieben.

Zwei Männer, deren Overalls leicht mit Öl verschmiert waren, brachten unsere Koffer. Ich fragte einen von ihnen, ob wir etwas zu trinken bekommen könnten. Er hob die Schultern. In Militäranlagen wie dieser sei die Nahrung auf das Personal rationiert. Die Trinkwasserlage sei noch ungeklärt. Ich verbarg meine Unwissenheit in einem Nicken, bedankte mich. Die Männer gingen in den Abend ab.

Johann erzählte von den Streitigkeiten Indiens und Pakistans über die Wasserversorgung. Der Konflikt müsse auch Sikkim treffen, mutmaßte er. Ich hatte davon nichts gehört und setzte mich erschöpft auf meinen Koffer. Er gab nach. Ich sackte einige Zentimeter ein, meine Wirbelsäule krümmte sich.

Da trat Fitzroy mit drei gekühlten Flaschen Bier aus dem Häuschen. Er entschuldigte sich und sagte, er habe in Sikkim angerufen, um nachzufragen, warum unser Anschlussflug noch nicht hier sei. Denn normalerweise stehe der Flieger immer auf dieser Landebahn bereit. Es gebe eine kleine Verzögerung. Ein falsches Datum in den Reisedokumenten. Wir müssten uns ein kleines bisschen gedulden.

Das Bier schmeckte nach nichts, zu penetrant war der Kunst- und Treibstoffgestank. Aber wenigstens kühlte es. Seltsam, dass ich mich an diesen kleinen Moment, die Ankunft, die ja eigentlich nicht mal die Ankunft gewesen war, besser erinnere als an die Reise durch Sikkim. Fitzroy hatte professionelle Fotos von mir und Johann machen lassen. Zwei Monate nach unserer Rückkehr nach Österreich hatten wir die Abzüge der Bilder im Ministerium erhalten. Ich hatte sie angesehen und dann in ein Album gesteckt. Auf einem Bild war hinter mir und Johann ein riesiger Berg zu sehen. Ich erinnere mich nicht daran, dort gestanden zu haben. Das Album hatte ich hervorgeholt, weil ich in der aktuellen Sitzung der Generalversammlung erfahren hatte, dass Sikkim schon vor drei Jahren von Indien annektiert worden war.

Das ehemalige Königreich wurde in einer Diskussion über die Golanhöhen erwähnt. Der Vertreter Kuwaits meinte, den von dort Geflüchteten würde gesagt werden, sie können nicht zurückkommen, die Uhr könne nicht zurückgedreht werden. Der israelische Vertreter erinnerte an die Annexion Sikkims unter der Regierung Indira Gandhis, die der jetzige indische Premier zwar verurteile, jedoch sage, sie könne nicht rückgängig gemacht werden. Das zeige, dass auch andere Staaten bestimmte Fälle für möglich hielten, in denen die Uhr nicht zurückgedreht werden könnte. Ein paar Tage später, also heute, wollte der indische Vertreter klargestellt wissen, dass sich Sikkim in einem demokratischen Prozess in Form eines Referendums für eine Eingliederung an Indien ausgesprochen habe. Natürlich wurde Israel wieder strenger behandelt als etwa Marokko in Sachen Westsahara oder Indonesien in Sachen Osttimor. Die Zahl der von der Generalversammlung angenommenen Resolutionen in diesen Belangen sprach hier eine eindeutige Sprache. Noch deutlicher wurde es bei jenen Resolutionen, die der Sicherheitsrat angenommen hatte. Dagegen machen konnte ich aber nichts. Ich versuchte daher meine Machtlosigkeit zu vergessen und dass ich mich zum wiederholten Male von der eigenen Verantwortung freigesprochen hatte.

Im Dokumentenarchiv erfuhr ich nur sehr wenig über die Annexion Sikkims, über diesen Beitritt, diese Eroberung, wie der Akt je nach Vertreter in den Sitzungen genannt worden war. Der Großteil meiner Unterlagen aus dieser Zeit war in Österreich geblieben. Ich hatte nur die Fotos mitgenommen. Johann war mittlerweile in Wien ins Außenministerium gewechselt. Seine Nummern standen in meinem Rolodex. Ich hörte das Band des Anrufbeantworters seines Büros. Aus seinem Haustelefon sprach er selbst. Nach einem Wiederhörensgeplänkel fragte ich, ob er sich noch an unseren Besuch in Sikkim erinnern könne. »Vage«, antwortete er und lachte. Ich lachte zustimmend. Ja, in der Erinnerung gleiche es einem Fiebertraum. Von der Auflösung des Königreichs höre er zum ersten Mal. Er konnte mir trotzdem das geben, wonach ich in meinen Unterlagen vergebens gesucht hatte.

»Keine Ahnung, ob die Nummer noch verbindet«, sagte Johann und las mir die Durchwahl unseres einstmaligen Reiseführers vor. Ich sagte, ich werde es mal probieren und wünschte einen schönen Abend, wir sollten öfter telefonieren.

Der Aufbau der Verbindung dauerte lange. Dann hörte ich ein krachendes Freizeichen und bekam ein krachendes Band. Eine Frauenstimme sagte etwas auf Nepali. Nach einer Minute hörte ich einen Klick und eine Männerstimme grüßte mich auf Nepali. Ich versuchte es mit Englisch.

Der Mann sagte, ich hätte die Bezirksverwaltung Gangtok erreicht. Ein Fitzroy sei ihm unbekannt, er könne mich aber an eine ältere Kollegin weiterleiten, die während der Reichszeit in diesem Gebäude als Übersetzerin gearbeitet habe. Früher habe es das Außenministerium Sikkims beherbergt.

Wieder wurde ich auf Nepali gegrüßt. Die Frau, sie stellte sich im Verlauf unseres Gesprächs als Deepti vor, sagte, ja, sie könne sich noch gut an Fitzroy erinnern. Nach der Eingliederung Sikkims, das war das Wort, das sie dafür benutzte, habe er sich aus dem Staub gemacht. Man munkelte, er habe Probleme gehabt, die noch aus der britischen Kolonialzeit stammten. Veruntreuung von Armeegeldern sagten einige, Mord meinten andere. Vielleicht war es auch etwas dazwischen oder keines von beiden. Ein Unschuldiger unter Schuldigen. Deepti lachte. Fitzroy habe in den Wochen vor dem Referendum nervös gewirkt. Und danach sei er, wie gesagt, verschwunden. Aber nicht spurlos.

Ihr Sohn, Anil, arbeite als Tourguide. Vor Kurzem habe er berichtet, dass er Fitzroy auf einem Wanderweg gesehen habe. Er müsse über siebzig Jahre alt sein, und Anil zufolge sehe man es ihm an. Ihr Sohn habe ihn zunächst für einen Bettler gehalten. Die würden die Touristen immer belästigen. Fitzroy müsse Anil wiedererkannt haben. Der vermeintliche Bettler habe sich nämlich ausschließlich um ihn, den Führer, und nicht um die Touristen gekümmert.

Er habe Anil angefleht sich für ein freies Sikkim einzusetzen, nur so könne das Gleichgewicht wiederhergestellt werden. Und dann habe der Greis einen verrückten Tanz aufgeführt, bei dem er sich im Stand um die eigene Achse drehte und kleine Sprünge machte. Anil, so Deepti, habe sich Sorgen gemacht, weil die nackten spitzen Knöchel des Alten so zerbrechlich wirkten, ähnlich einem Kitz.

Wir redeten noch etwas über die Schönheit der Berge Sikkims, die ich nur mehr vage im Gedächtnis hatte, was ich verschwieg. Deepti bedankte sich für meinen Anruf, und ich wusste nicht warum.

Doch noch – 1981

Ich saß im Saarbrückener Hauptbahnhof in der Nähe einer großen Anzeigetafel mit den An- und Abfahrtszeiten. Hier hätten wir bloß durchfahren sollen, doch war unser Zug angehalten worden. Technischer Defekt, wie der Mitarbeiter der Bundesbahn sich ausgedrückt hatte. Anschlusszüge und Weiterfahrt würden frühestmöglich bekanntgegeben werden.

Jane, Paul und ich waren auf dem Weg nach Luxemburg gewesen. Die Eröffnungsrede des Symposiums *Transfer und Auswertung wissenschaftlicher und technischer Information* würde ich verpassen. Und wenn sich nicht bald was bewegte, auch den Rest des ersten Tages. Es wäre vermeidbar gewesen, doch Jane hatte noch Straßburg sehen wollen, die Altstadt, die Kirchen.

Ich überraschte mich selbst, denn ich ertrug die Verspätung stoisch. Das wiederum erstaunte Paul. Mein Sohn hat seinen Trotz, der uns seit dem Antritt der Reise nervte, verloren oder vergessen und begleitete jetzt Jane. Sie wollten etwas essen. Ich ging nicht mit, ich sei nicht hungrig, sagte ich. Es war eine Lüge, und mein etwas zu lautes »Nein, danke« hätte beinahe meinen Ärger verraten. Mein Sohn hatte mich erwartungsvoll angesehen. Aktuell reizte ihn mein Ärger mehr als meine Ruhe. Statt weiterer Worte griff ich in meine Aktentasche, um mich von ihnen abwenden und darin kramen zu können. Als ich nach rund einer halben Minute aufschaute, waren sie verschwunden. Weil ich nichts gesucht hatte und es entweder dumm oder so aussehen hätte können, als bräuchte ich Hilfe, zog ich *Gullivers Reisen* aus der Tasche. Der Buchrücken zeigte Gebrauchsspuren, knapp bis zur Mitte. Mehrmals hatte ich das Buch angefangen und wieder weggelegt. Diesmal wollte ich es schaffen.

Bevor ich das Buch aufschlagen konnte, wurde ich vom Rattern der Fallblattanzeigen abgelenkt, die endlich die Veränderungen der Fahrpläne anzeigte. Ich schaute auf die Uhr. Seit der ersten Ansage des Defekts waren gut zehn Minuten vergangen. Verspätet wurde die Verspätung bekanntgegeben. Nicht nur stoisch, sondern auch leidlich lustig war ich anscheinend aufgelegt. Phlegmatisch. Freute ich mich wirklich so sehr auf die neue Stelle in Bern? Ja. Der Posten des österreichischen Botschafters verhieß kürzere Reisen und mehr öffentlichkeitswirksame Auftritte statt anonymer Verantwortung. Das Symposium besuchte ich als halboffizieller Vertreter des österreichischen Außenministeriums. Auf Einladung eines ehemaligen Kollegen aus jenem Ministerium. Ihn hatte es ins Bankenwesen verschlagen. Vor zwei Monaten waren wir uns zufällig in Wien über den Weg gelaufen. Er interessierte sich, so lange ich ihn kenne, für Datenverarbeitung und war nun damit beschäftigt, den alten Verein Bank zum neuen System Bank und somit zukunftssicher zu machen, wie er sagte. Als er von meiner neuen Anstellung erfuhr, schlug er mir vor, ihn zum Symposium in Luxemburg zu begleiten, den Umweg zu machen. Dort würde ich die Zukunft sehen können.

Das Rattern war vorüber. Auf dem Weg von der Tafel zur Buchseite traf mein Blick jenen eines älteren Mannes. Er deutete auf die Tafel, zuckte mit den Schultern und lächelte. Ich erwiderte sein Lächeln, senkte meinen Kopf. Doch der Fehler war bereits gemacht und der Mann kam auf mich zu. In dem kurzen Augenblick unserer Verständigung hatte ich in ihm jemanden erkannt, der reden wollte, es aus irgendeinem Grund aber nicht konnte oder sich nicht traute. Bald, dachte ich, als ich ihn mit tiefer und gleichzeitig seltsam brüchiger Stimme »Guten Tag« sagen hörte, würde ich wissen warum.

Ja, er warte auf seine Frau. Sie habe die gemeinsame Tochter in München besucht. Und jetzt diese Verspätung. Aus Stuttgart habe sie angerufen und gesagt, sie würde in ungefähr zwei Stunden in Saarbrücken ankommen. Gleich sei er zum Bahnhof gefahren.

Statt mich zu fragen, warum ein Zug in Stuttgart am Weg nach Saarbrücken aufgehalten worden war, überlegte ich, wie ich den Mann abwimmeln könnte. Heinrich, wie er sich vorgestellt hatte, begann aber bereits eine neue Anekdote, würde sich nicht davon abbringen lassen. Ich gab auf und schloss das Buch, das ich mit der Hand offen gehalten hatte. »Der Gulliver«, rief Heinrich. »So ein Zufall!«

Ich legte das Buch auf die Bank, und Heinrich fragte, ob ich wisse, dass man das Saarland einmal Liliput genannt habe. Ich verneinte, obwohl ich wusste, dass es UN-Jargon gewesen war. Während er zu erzählen begann, vielleicht vom Saarland oder von Gulliver, fielen mir plötzlich die Olympischen Sommerspiele in Helsinki ein.

Als junger Mann hatte ich diese Spiele nur beiläufig verfolgt, doch erinnerte mich nun, dass im Vorfeld mein Vater oder ein älterer Kollege gemeint, das Radio gesagt oder eine Zeitung geschrieben hatte, dass drei deutsche Mannschaften in Helsinki teilnehmen könnten. In Nachsätzen, Untertiteln schwang mit, dass es vier sein könnten.

Die wenigen restlichen Erinnerungen an das kurzlebige autonome Saarland kamen nach dem unvermittelten Einfall in sanften Schüben. Den Wiederanschluss hatte ich zwar bewusst und als Ministerialbeamter eines Nachbarstaates unmittelbarer als ein einfacher Bürger mitbekommen, doch war er offenbar so unspektakulär verlaufen, dass ich die Einzelheiten vergessen hatte, die politischen Hintergründe, Widerstände, Fürsprachen.

In meiner Zeit in der ständigen Vertretung in New York war

diese Sache nur eine Fußnote wert gewesen, und Saarland bezeichnete nunmehr das deutsche Bundesland, nicht länger das teilautonome Protektorat im französischen Wirtschaftsraum.

»Das hat uns schließlich auf Gulliver gebracht. Die erste Idee ist oft die beste«, sagte Heinrich und schaute mich erwartungsvoll an. Ich hatte ihm nicht zugehört und schoss mit meiner Antwort ins Dunkle. »Ja, auf die Dauer wäre das unmöglich gewesen.«

Heinrich sah mich verwundert an. »Sie meinen das Saarland?« Er musste von etwas anderem gesprochen haben. Und Liliput, Gulliver bezogen sich auf dieses Unbekannte. »Ja«, sagte ich, klaubte aus dem Gedächtnis ein Argument zusammen. »Das Saarland als europäisches Washington, D.C. hätte nie funktioniert, weil es nicht wie Washington in seine benachteiligte Rolle hätte hineinwachsen können, sondern weil es hineingeworfen worden wäre.«

Heinrich nickte und sagte zweimal »Ja«. Er wollte wohl vermeiden, daran zu denken. Jetzt, wo ich ihn ungeschickt dazu gezwungen hatte, musste er es aber. Ich beruhigte mich mit der Vermutung, dass er ohnehin öfters damit beschäftigt schien.

Durch den Kohlebergbau sei die Wirtschaft schnell gewachsen. Gegen den Hunger habe das nicht geholfen. Der habe sie von der Frage der Zugehörigkeit abgelenkt. Zwei, drei Jahre später seien sie vom Abflauen der Wirtschaft abgelenkt worden, von der Angst neuen Hungers. Vielleicht hätten sich seine Landsleute aber gerade deswegen wieder mehr als Deutsche denn als Franzosen gefühlt, denen sie, so war ihm stets vorgekommen, letztlich egal gewesen seien.

Die Frage schien sich von selbst zu beantworten. Denn nur Deutschland strebte den Anschluss an. Frankreich genügte ein politisch autonomes, aber wirtschaftlich mit Frankreich verbundenes Saarland. Ein Protektorat inmitten Europas.

Heinrich sagte, er sei SPS-Mitglied gewesen. Kein Politiker, einfaches Mitglied. Er sei jedoch meist unzufrieden mit seiner Partei gewesen. Hoffmanns CVP, die das autonome Saarland sein ganzes kurzes Bestehen lang fast bis zum Schluss absolut regierte, sei dennoch zweimal in Koalition mit der SPS gegangen. Um die Opposition auszuschalten. Ein großer Fehler der SPS sei das gewesen, mit dem sie intern gerungen habe. Vielleicht sei die Koalition deshalb zweimal gescheitert. An Wirtschaftsagenden.

Diese hätten Heinrich aber trotz seines Berufes als Mathematiker im Landesversicherungsamt weniger interessiert. Viel mehr hätte ihn zum Beispiel gestört, dass die CVP und ein Großteil der SPS vielen nur scheinbar kleinen Forderungen der Franzosen ohne erkennbaren Widerstand klein beigegeben hätten. Wie Französisch als universitäre Unterrichtssprache oder die Ein- und Ausreisebeschränkungen von der und in die BRD. Und die SPS sei in zwei gleichermaßen unattraktive Hälften zerfallen. Die eine habe machthungrig und laut auf mehr Mitsprache gepocht, sich aber mit Krümeln begnügt, die andere habe sich zu sehr mit jener Seite der Opposition angefreundet, die einen Anschluss an Deutschland wollte.

Den wollte Heinrich nämlich nicht, womit er eigentlich wieder auf einer Linie mit Hoffmann gelegen sei, der später ja auch eine vollständige Autonomie von Frankreich angestrebt habe. Es sei kompliziert gewesen. In einem Jahr habe es beispielsweise zwei Währungswechsel gegeben. Und im nächsten seien die Kranken- und Rentenversicherungen saarländischer Arbeiter in Frankreich und französischer Arbeiter im Saarland angeglichen worden. Die zuvor angeglichene Währung hätte wenig geholfen; die Lebenskosten seien andere gewesen. In den Anfangsjahren sei deshalb viel geschmuggelt worden.

Heinrich seufzte und sagte, er habe bei der Abstimmung über das Saarstatut mit Nein gestimmt. »Weil ich das Saarland als eigenständigen Nationalstaat und nicht, wie sie es genannt haben, als europäisches Washington sehen wollte. Oder als einen Puffer wie Belgien und Österreich.« Sein und die Neins der Mehrheit der Saarländer seien dann aber als Wunsch für einen Wiederanschluss mit der BRD angesehen worden. Obwohl er gewusst habe, dass das passieren könnte, habe er sich geärgert.

Da rief eine Stimme laut »Heinrich«. So laut und mit einem leicht genervten Unterton, als ob der Mann, der sich als Heinrichs Sohn herausstellte, schon länger an anderen Stellen des Bahnhofs seinen Vater ausgerufen hätte. Der Sohn habe einen Anruf seiner Mutter bekommen, nachdem der Vater zu Hause unerreichbar gewesen sei. Die Mutter habe eine Bekannte getroffen, die sie bringen würde, und er, der Sohn, solle den Vater vom Bahnhof abholen, weil er sicher schon dort sei. Heinrich verabschiedete sich, und ich konnte ihm nur noch winken.

Unentschlossen schlug ich den *Gulliver* auf. Ich war in Liliputs Gegenteil Brobdingnag, wo die Riesen wohnten. Wie bei der Lektüre von *Don Quijote* war ich erstaunt, wie wenige Abenteuer Gullivers es in die breitere Kultur geschafft hatten. Aus *Don Quijote* hatte ich vor der Lektüre nur den Kampf gegen die Windmühlen gekannt, aber nicht die imaginierte und dann real gewordene Insel Sancho Panzas. Aus *Gulliver* bloß die Liliputaner. Es waren passende, universale Bilder, dachte ich, war mir aber nicht sicher, wofür.

Jane und Paul kamen in die Wartehalle. Er ging hinter ihr. Ein Streit? Sein Respekt vor meinem unterdrückten Ärger, meiner Ruhe war verflogen. Ohne mich anzusehen, ließ er sich genervt stöhnend etwas abseits von mir nieder. Ich vermutete, dass es wieder um den Umzug gegangen war.

Abermals wollte ich versuchen zu erklären, warum wir umzogen, ließ es aber sein. Ich merkte, ich würde nichts bewirken. Lächelnd erwartete ich seine Reaktion auf mein Schweigen.

Rucksacktourist – 1985

»Wir sind nicht zu teuer. Im Vergleich zu anderen weniger hochwertigen Herstellern mögen wir teurer sein und vielleicht liegen wir damit außerhalb der Budgets einiger potentieller Kunden, aber *zu* teuer sind wir bestimmt nicht.«

Da lachte im Hintergrund jemand laut auf. Ich kannte diese Stimme, konnte sie aber weder in Gedanken einem Gesicht noch mit meinem suchenden Blick einem der Männer im Festsaal des Vaduzer Rathauses zuordnen. Mein Gesprächspartner, ein Vertreter eines Werkzeugherstellers, bemerkte das und räusperte sich. Ich entschuldigte mich und sagte, ich glaubte, ich hätte dort drüben, und ich zeigte hinter ihn, jemanden erkannt. »Ach so«, sagte er und nickte.

Wir setzten unser Gespräch fort. Ich durfte mir keine Unachtsamkeit mehr leisten. Der liechtensteinische Konzern war zufrieden mit Österreich als Standort. Und wir waren zufrieden mit dem Geschäft. Unsere höheren Schulen hatten hervorragendes Personal, großen Zulauf und hohe und gute Abschlussquoten. Bund und Länder, sagte ich, seien auf jeden Fall bereit für eine Vertiefung unserer Beziehungen.

Wieder drang diese markante Stimme durch den Geräuschteppich aus Gesprächen und leiser Musik. Sie lenkte mich dermaßen ab, dass ich dem Werkzeugvertreter ein Treffen in ruhigerem, kleinerem Rahmen vorschlagen musste. Bis morgen Nachmittag würden wir noch in Vaduz sein. Mein und sein Sekretär verglichen unsere Terminkalender. Gut gelaunt ging der Liechtensteiner zur Bar und bestellte sich etwas, das den Barkeeper viele Zutaten herbeischaffen ließ.

»Wen haben Sie gesehen«, fragte Hans, mein erster Sekretär. Er war neu in der Berner Botschaft und jung. Aus einem dieser Gründe, oder beiden zusammen, war er aufgeregt. Das war gut, denn Aufregung steigerte die Aufmerksamkeit.

»Wie? Niemanden. Ich habe mich bestimmt verschaut. Sie können übrigens Schluss machen, danke. Jetzt muss ich nur noch plaudern, und darin bin ich leider Experte.«

Ich machte die Runde durch den Festsaal und vergewisserte mich, dass die anwesenden Regierungs- und Unternehmensvertreter einen schönen Abend bei diesem Drei-Länder-Treffen hatten. Wie erwartet waren alle zufrieden. Eine junge österreichische Konzertpianistin hatte gespielt, wir hatten gut gegessen, und ich hatte ein paar Preise zum Dank für die gute wirtschaftliche Zusammenarbeit verliehen.

Auf den Besitzer der Stimme traf ich erst am Ende meiner Runde. Im Profil erkannte ich ihn wieder. Nach meiner langen Zeit in New York hatte ich vor fünf Jahren eine Stelle im Außenministerium übernommen, an der Diplomatischen Akademie einen Kurs gegeben. Ich hatte wieder in dem Haus gewohnt, das sich im Besitz meiner Familie, meinem Besitz befand. Der vorlaute Mann war in dieser Zeit mein Mieter gewesen. Sein Name entfiel mir im Moment, an eine Gewohnheit erinnerte ich mich aber, die ihn mir sehr unsympathisch gemacht hatte.

Liese, unsere damalige Haushälterin, fiel auf, dass ihr ab und zu ein kleiner Teil des Einkaufs am Weg vom Supermarkt zum Haus abhandenkam. Meist Äpfel und Semmeln. Sie hatte es Jane berichtet, die es mir erzählte. Ich interessierte mich ehrlich gesagt nicht besonders dafür. Meine Frau nahm aber sofort die Ermittlungen auf. Sie kam darauf, dass Liese in unserem Treppenhaus bestohlen wurde. Wenn sie nämlich einkaufen war, stellte sie die Einkaufstaschen vor unserer Wohnungstür im zweiten Stock ab und musste manchmal zurück ins Parterre, weil sie vergessen hatte, die Post mitzunehmen. In dieser kurzen Zeitspanne mussten die Diebstähle begangen worden sein. In jener Woche, in der das Asbest aus dem Gebäude entfernt wurde, in der sich die Dependance meiner Abteilung befand, arbeitete ich von zu Hause aus. Ungefähr um zehn Uhr vormittags hörte ich die erste Drehung des Schlüssels im Schloss. Liese zog ihn aber wieder heraus und musste hinunter zu den Postkästen im Parterre gehen. Ich lächelte, wollte ihr etwas Arbeit abnehmen und die Einkäufe in die Wohnung bringen und einsortieren, als ich jemanden aus dem dritten Stock kommen hörte. Mir fiel der Dieb ein. Und tatsächlich: Durch den Türspion sah ich, wie ein Mann einen Apfel aus einer der Taschen herausfischte, ihn an seinem Mantel rieb, hineinbiss und seinen Weg fortsetzte. Durch seine Forschheit, nicht mal umgesehen hatte er sich, vor den Kopf gestoßen, ließ ich die Tür geschlossen, vermied eine Konfrontation, ging in mein Büro und verschwieg meiner Frau und Liese die Identität des Diebes. Der Mann bediente sich in den eineinhalb Jahren bis zu meiner Berufung als Botschafter in der Schweiz weiterhin an Äpfeln, Semmeln und manchmal am Naschzeug meines Sohnes. Nie flog er auf, beziehungsweise verriet ich ihn nie.

Nun schüttelte er mir die Hand und sagte: »Angenehm, Viktor mein Name.«

Es konnte nicht nur die Erinnerung an das Bagatelldelikt gewesen sein, die mich seine Hand fester drücken und erst nach mehreren Sekunden wieder freigeben ließ. Es musste auch an seinem unmöglichen Benehmen an diesem Abend gelegen haben. Natürlich, er musste es gewesen sein, der das Spiel der Pianistin sporadisch mit seinem gekünstelten Husten und das Essen mit lautem Naseschnäuzen gestört hatte. Wie sein Lachen mir die Cocktails verdorben hatte. Was immer der Grund für mein festes Zudrücken gewesen sein mochte, das Ergebnis war, dass er mich etwas verdutzt ansah.

Ich fasste mich, benahm mich so, wie er es den Abend über getan hatte, und sagte polternd: »Sie müssen mir verzeihen, aber diese Hundsdiplomatie … Ich habe diese Verspannung irgendwie lösen müssen. Es hat dann leider Sie getroffen.«

»Alles gut, ich verstehe Sie«, sagte er lachend und klopfte mir fest, wie um seine eigene Stärke zu demonstrieren, auf die Schulter.

»Sie sind, glaube ich, mit den Schweizern hier?« Ein aufgrund seines Akzents immerhin wahrscheinlicher Schuss ins Blaue. Bevor ich mir lange den Kopf über meine Treffgenauigkeit zerbrechen konnte, winkte er ab und sagte, er komme aus Deutschland, arbeite aber in der Schweiz. Eine leichte Sprachfärbung durch seinen Wohnort war erkennbar. Hieß das, er war mit den Schweizern gekommen oder nicht? Deutsche hatten auf der Einladungsliste gefehlt. Außer Hans hatte in letzter Minute noch jemanden eingetragen. Oder der Dieb war die Begleitung eines anderen Gastes.

Ich war zu müde für Spielchen und erkannte, dass die alte Geschichte wirklich nur eine Bagatelle war. Daher und aufgrund der meinerseits etwas mühsamen, anstrengenden Vorstellung strebte ich eine belanglose Plauderei an, die rasch an ein Ende kommen sollte. Der Dieb war jedoch gesprächsbereiter und wurde erstaunlich schnell konkret.

Er arbeite für eine deutsche Bank, ein Finanzinstitut, wie er sich korrigierte. Internationale Geschäfte. Investitionen und »so Gedöns«, was sich, schwyzerdütsch eingefärbt, noch seltsamer anhörte. Sie bereiteten das neue Feld, die iberische Halbinsel, schon vor und auch für den Fall der Mauer, ein noch vereinteres Europa, zögen sie Furchen, säten. Dabei schlug er sich lachend mit der flachen Hand auf den Oberschenkel, wobei er den Kopf in ausgelassener Heiterkeit in den Nacken legte, was sein Doppelkinn verschwinden ließ.

»Wann werdet ihr dabei sein?«, fragte er mich, und ich

wusste nicht, ob er wusste, wer ich war, ob er also damit Österreich, die Schweiz oder Liechtenstein meinte. Mein »Bald« konnte für alle drei Staaten gelten. Während der andere widersprach, dachte ich, dass die Zustimmung zu Europa in Liechtenstein gerade so hoch war wie nie. Und das obwohl der Fürst seinen Rucksack, die ihm so unliebsame außenpolitische Abhängigkeit von der Schweiz, ja schon sehr lange mit sich herumschleppte und bisher nicht abgelegt hatte. In Österreich war die Frage mehr wann statt ob. Auch in der Schweiz war eine gewisse Annäherung zu spüren. Von Adolf Muschg war etwas in diese Richtung zu lesen gewesen.

Andererseits waren jene Stimmen nicht verstummt, die vor den möglichen negativen Folgen der Öffnung warnten. In der Schweiz und in Liechtenstein fürchtete man, dass Unternehmen weitere Niederlassungen in Österreich, speziell in Vorarlberg, errichten könnten. In Vorarlberg wiederum waren, wie ich im Radio gehört hatte, die Bauern wegen der sinkenden Lebensmittelpreise und der unklaren Förderungssituation für ihre Höfe beunruhigt.

»Aber das ist ja alles bloß noch Hypothese«, sagte Viktor. Einen Sekundenbruchteil lang vermutete ich, er habe meine Gedanken gelesen. Wahrscheinlich hatte er aber einfach in eine ähnliche Richtung die Zukunft gedacht.

»Jetzt fällt mir auf«, sagte Viktor, »kenne ich Sie nicht von irgendwoher? Zürich? Bonn? Nein, Wien! Ja, das Haus in der Nähe vom Rennweg, oder? Gehört es Ihnen noch? Ich habe die Wohnung dort von meinem Institut zugewiesen bekommen und nach meiner befristeten Zeit in Wien leider an einen anderen abtreten müssen. Sehr schön war sie, viel Platz. Sie waren aber nicht sehr freundlich. Im Treppenhaus sind Sie immer mit Grabesmiene an mir vorbeigerannt.«

Er hat mich also wiedererkannt. Nun war ich, was mir nur selten passiert, wie ich mir einredete, als ich meine Verblüffung erkannte, etwas perplex. Ich entschuldigte mich, konnte ein Stammeln jedoch verhindern und von mir ablenken. Er müsse ein sehr gutes Gedächtnis für Gesichter haben, denn gerade als Bankmensch treffe er sicher jeden Tag neue Menschen.

»Ja, da haben Sie recht. Da fällt mir ein. Ja! Einmal habe ich Sie in der Staatsoper gesehen. Ihr Profil, etwa fünf oder sechs Reihen habe ich hinter Ihnen gesessen. Man hat mir eine Katastrophe versprochen. Deshalb bin ich hingegangen. Dann wars aber bloß langweilig. Jedenfalls habe ich genau gesehen, wie Sie buhen wollten, es aber sein ließen, weil mehr Zuschauer gejubelt als gebuht und Sie gute Plätze hatten. Man hätte Sie nämlich buhen sehen können. Ihre Frau saß neben Ihnen. Erinnern Sie sich?«

Ja, ich erinnerte mich. Es war mir unglaublich peinlich. Die Unentschlossenheit und dass er sie gesehen hatte. Der Mensch kann sich ändern, braucht aber gewisse Grundwerte. Manche dieser Werte muss der Mensch geheim halten, weil sie zu bestimmten Zeiten negativ auf die ausgestellten positiven Werte abfärben würden. Könnte, müsste die Moral nicht eine Waage sein, die das Schlechte mit dem Guten aufwog? Ich wollte daran glauben.

Ich ließ das Gespräch mit kürzer werdenden Fragen und Antworten endlich auslaufen, achtete darauf, dass das künstlich herbeigeführte Ende einen natürlichen Anschein hatte und verabschiedete mich von dem Dieb. Anschließend verfuhr ich mit den anderen Gästen ähnlich. Nachdem alle gegangen waren, dankte ich dem Vaduzer Bürgermeister für den gelungenen Abend. Gemeinsam fuhren Jane und ich um zwei Uhr ins Hotel.

»Hast du den Viktor gesprochen?«

»Was?«, fragte ich gedankenverloren nach dem langen Abend.

»Viktor, unseren alten Nachbarn, oder Mieter, wie du ihn immer genannt hast. Er wars, der die Liese bestohlen hat. Weißt du noch? Bis ich ihn einmal auf frischer Tat ertappt habe. Habe ich dir das nicht erzählt? Heute hat er mit mir gewettet, dass du ihn sicher vergessen hast.«

Raue Wolle – 1988

»Me, me, I have a question! Where's the bathroom?«

Ich beugte mich im Gelächter meiner Gäste zum kleinen Fragesteller hinunter und deutete ihm den Weg. Sein Großvater begleitete den Jungen zur Toilette.

»Gibt es noch andere Fragen?« Die Gäste schwiegen. »Dann«, sagte ich, meine Enttäuschung überspielen wollend, »werden wir noch auf die Herren Smith warten.« Der Großvater schloss gerade die Toilettentür hinter sich.

Die Führung, die Geschichtsstunde hatten ihre Wirkung verfehlt. Obwohl viele der Gäste zustimmten, das Palais Wilson sei seiner Geschichte wegen schützenswert, hatte ich sie nicht davon überzeugen können, sich in New York für eine weitere Nutzung des Gebäudes einzusetzen. Egal in welcher Form.

Zuletzt hatte das Haus die Brundtland-Kommission beherbergt. Ende letzten Jahres hatte sie ihre Arbeit abgeschlossen. Ihre Nachfolgeorganisation war dezentral aufgebaut. Der Brand im Wilson vom vorigen August musste diese Entscheidung beeinflusst haben. Die Sammlung zeitgenössischer Kunst war zum Teil zerstört worden und ein für die Genfer Abrüstungskonferenz erbauter Pavillon vollständig. Verletzte hatte es zum Glück keine gegeben. Mehr als ein Jahr später waren an vielen Stellen noch Brandspuren und Wasserschäden zu erkennen, und bis auf einige Büros der Genfer Stadtverwaltung stand die erste Zentrale des Völkerbundes weitestgehend leer.

Der endgültige Verfall sei nur noch eine Frage der Zeit, hatte ich meinen Gästen am Anfang der Führung prophezeit.

Sie reagierten mit einer Betroffenheit, die aufgesetzt auf mich wirkte. Das Personal in den Vertretungen und des Hauptquartiers hatte sich seit meiner Zeit in New York natürlich verändert. Persönlich kannte ich die wenigsten meiner Gäste. Ihre Gesichter waren für mich bis zum Schluss der Führung unlesbar geblieben.

Auch wenn es als ständiger Vertreter Österreichs bei der UN in Genf nicht in meinen Aufgabenbereich fiel, interessierte mich das Schicksal des Palais. Der Völkerbund war zwar nicht in diesem als Hotel erdachten Gebäude gegründet worden, war aber seine ersten Jahre dort untergebracht gewesen. Im Wilson, hatte ein schwedischer Kollege in New York stets betont, sei die internationale Diplomatie normiert und aus den Hinterzimmern hinaus auf eine öffentliche Bühne gebracht worden. Vielleicht seien die Ziele des Bundes zu hochgesteckt gewesen, aber nach ihrem katastrophalen Versagen vor dem Zweiten Weltkrieg, erfülle diese neue Art von Diplomatie nunmehr seit Jahrzehnten ihren Zweck und habe geholfen, Kriege globalen Ausmaßes zu verhindern. Diese Geschichte wollte ich schützen. Und auch die Frühgeschichte des Gebäudes. Als es beispielsweise noch Hôtel National geheißen hatte, als Hotel aber längst gescheitert war, hatte hier das Institut für Psychologie der Universität Genf seinen Sitz gehabt. Eine Mitarbeiterin des Instituts war Sabina Spielrein gewesen, die erste promovierte Psychoanalytikerin. Bei Renovierungsarbeiten im Keller des Palais hatte man vor gut fünfzehn Jahren einen Koffer voll mit Spielreins Briefen und Manuskripten gefunden.

Die Smiths waren fertig. Wir verließen das Palais, verabschiedeten uns. Wägen würden meine Gäste und mich zu den Büros unserer Vertretungen oder direkt zum Völkerbundpalast fahren. Dort standen uns ab morgen harte Verhandlungen in einem der komplexesten Kapitel des langwierigen

Friedensprozesses bevor. Die Intifada dauerte bereits ein Jahr, ein Ende war nicht in Sicht. Es sei nur eine Frage der Zeit, hatte es davor schon seit Längerem geheißen, wann die Lage eskalieren würde. Nun war sie eskaliert, und ich war ratlos, wie der Konflikt zu lösen sei. Mein Vorschlag, das Wilson zu retten, schien mir plötzlich unangebracht. Ich schämte mich. Die Gäste hatten genug zu tun.

Vor einem Monat hatte Jassir Arafat im tunesischen Exil den unabhängigen Staat Palästina ausgerufen. Vor zwei Wochen hatten die USA deshalb Arafats Einreisevisum abgelehnt, nachdem ihn die UN eingeladen hatten, vor der Vollversammlung zu sprechen. Vor einer Woche hatte sie aus diesen Gründen – also dem Einreiseverbot und der Einladung – zum ersten Mal in ihrer Geschichte beschlossen, eine Debatte in Genf abzuhalten.

Der Völkerbundpalast und seine Umgegend barsten vor Geschäftigkeit, dem ungewohnten Mehr an Menschen. Die meisten größeren Staaten waren zwar in beiden Hauptvertretungen gut aufgestellt, doch hatten vor allem die USA, Großbritannien und Israel ihr Genfer Personal kräftig aufgestockt. Dazu kamen fünfhundert Polizisten und zweitausend Soldaten, die das Palastgelände von der Außenwelt abriegelten und die Zufahrtsstraßen kontrollierten.

Mein dritter Sekretär, der mich heute fuhr, musste auf dem kurzen Weg zur ständigen Vertretung Österreichs mehrmals halten. Sie befand sich in Sichtweite des Palastes, weshalb wir die Absperrungen nicht wie einige meiner Gäste umfahren konnten. An einer Kreuzung vor dem Nebeneingang zum Palastgelände wurden wir von Thomas kontrolliert, einem UN-Sicherheitsbeamten, der oft beim Haupteingang des Palastes stand. Er trug eine kugelsichere Weste und ein Sturmgewehr. Ein Soldat stand neben ihm, hielt den Lauf und den Pistolengriff seiner Waffe. Thomas wies meinen Sekretär an, die Fenster hinunterzukurbeln. Nicht wie sonst auf Deutsch, sondern auf Französisch und Englisch bat er um unsere »papiers d'identité«, »identificiation«. Da erkannte er mich. »Viel los heute«, sagte er schmunzelnd und kontrollierte unsere Ausweise. Mit einem »merci« winkte er uns durch.

In Österreich hatte man Arafats Abweisung durch die USA sofort mit jener Waldheims im Vorjahr verglichen. Die Voraussetzungen waren jedoch andere. Ich vermutete, dass bei Arafats Abweisung das Ende von Reagans Präsidentschaft den Ausschlag gegeben hatte. Der Präsident hatte mit der Abweisung ein Rufzeichen setzen wollen, um zu beweisen, dass er innen- wie außenpolitisch immer noch Gewicht besaß. Zudem reihte sich die Missachtung des ausdrücklichen UN-Wunsches nahtlos in die Liste der Affronts ein, die sich die USA unter Reagan gegen die UN geleistet hatte. Die Kirkpatrick-Doktrin etwa.

Kirkpatrick war die ständige Vertreterin der USA bei der UN in New York, als Waldheim eine dritte Amtszeit als Generalsekretär anstrebte. Die USA sahen in ihm die richtige Person für den Posten. Als seine nationalsozialistische Vergangenheit publik wurde, hat die USA nur ihn als Person isoliert, nicht Österreich als souveränen Staat. Aber natürlich färbte seine Isolation auf Österreich ab. Das war der Nachteil einer Politik der großen Männer, was auch Kreisky zu spüren bekam. Seit seiner Fact-Finding-Mission im Auftrag der Sozialistischen Internationale stand er mit Arafat in Kontakt. Ihm und der SPÖ wurden seither vorgeworfen, einen Antisemiten zu unterstützen und selbst antisemitisch zu sein. Von Genf aus betrachtet schien mir diese Kritik seit Waldheims Entblößung leiser geworden zu sein. Oder es lag an Kreiskys Ruhestand.

Auch vor dem Bürogebäude, in dem sich die Räumlichkeiten der österreichischen Vertretung befanden, wurden wir kontrolliert. Mein Team hatte die Vorbereitungen für die morgige erste Debatte abgeschlossen. Ich las die Zusammenfassung unserer Standpunkte, fragte meinen ersten Sekretär, wann der Generalsekretär des Außenministeriums ankäme, der morgen Österreichs Hauptredner sein würde. Klestils Abreise werde sich verspäten, gegen zehn Uhr abends werde er in Genf ankommen. Ich schloss die Tür meines Büros, ging zum Fenster. Auf der gegenüberliegenden Seite der Straße zum Palast befand sich ein Fußballplatz, der im Zweiten Weltkrieg als Internierungslager für Geflüchtete gedient hatte. Nun war er wieder von Stacheldraht umgeben.

Zwei Soldaten bewegten sich auf dem Rasen in Richtung meines Fensters. Der Winter war letzte Woche verspätet eingebrochen. Ich stellte mir vor, die raureifen Halme würden unter den Schritten der Männer brechen. Da stolperte einer. Es wirkte, als würde er einbrechen. Eine Vertiefung vermutlich, eine Mulde. Sein Kamerad beugte sich zu ihm hinunter. So bewegungslos, gestürzt und gebückt, verschmolzen ihre feldgrauen Uniformen stärker mit dem Gras, als sie es in der Bewegung taten. Frankreich hatte schon vor der Gründung des Völkerbundes eine Armee für die neue Organisation vorgeschlagen. Dieser Archivfund hatte mich bei der Vorbereitung auf meinen heutigen Vortrag abgelenkt und versuchen lassen, die Frühgeschichte der UN-Friedenstruppen zu rekonstruieren. Vor zwei Monaten waren sie mit dem Friedensnobelpreis ausgezeichnet worden. Vor einem Monat hat Waldheim zum Nationalfeiertag die österreichischen Blauhelme auf den Golanhöhen besucht. Sowohl in der Bibliothek wie im Archiv des Völkerbundpalastes führte meine Suche ins Leere. Davon frustriert ließ ich einen Archivar dazu recherchieren. Als ich seinen Bericht drei Tage später im Postfach fand, interessierte mich das Thema aber nicht mehr sonderlich. Ich las vom Vorschlag eines amerikanischen Piloten, die besten Piloten aller Länder in den Dienst des Völkerbundes zu stellen. Die Kommunikation zwischen dem Bund und seinen Botschaften sollte so stets gewährleistet sein. Die im Artikel erwähnten Uniformdesigns seien nicht aufzufinden gewesen, schrieb der Archivar. Es folgte ein weiterer Zeitungsbericht, der über den Vorschlag Frankreichs während der Genfer Abrüstungskonferenz berichtete, einen Teil des europäischen Flugparks gemeinsam mit Truppen aus den Mitgliedsstaaten dem Völkerbundrat zu unterstellen.

Als der eine Soldat seinem Kameraden endlich hatte aufhelfen können, wandte ich mich ab und setzte mich an den Schreibtisch. Mir blieb nur zu warten. Auf die Ankunft des Generalsekretärs, auf morgen. Um die Zeit mit einem Anschein von Produktivität zu nutzen, wollte ich die Schweizer Zeitungen lesen. Die wichtigsten internationalen Blätter hatte ich schon am Vormittag geschafft. Beziehungsweise hatte ich nur eine lesen müssen, um alle zu lesen. Die Genfer Debatte war das bestimmende Thema.

In den Lokalteilen versuchte ich, diesen Schlagzeilen zu entgehen. In Zürich verletzte ein Häftling auf der Flucht vier Menschen. In Freiburg feierte eine Frau ihren hundertsten Geburtstag. Im Wirtschaftsteil wurde ich an eine Geschichte internationalen Ausmaßes erinnert: Eine italienische Reederei mit Sitz in der Schweiz hatte im Vorjahr eine andere italienische Reederei gekauft, um ins Kreuzfahrtgeschäft einzusteigen. Von der Kreuzschifffahrt sprang ich in Gedanken zur Containerschifffahrt und landete bei einem Blick ins Bücherregal bei der Hanse. Mein Vorgänger hatte Philippe Dollingers Standardwerk zurückgelassen. Wenn der internationalen Diplomatie durch den Völkerbund eine offenere Form gegeben wurde, war es dann die Hanse, die der Bürokratie Jahrhunderte zuvor eine geschlossene Form gegeben hat, um so lange erfolgreich funktionieren zu können?

War sie es, die mit ihrer Macht die Diplomatie vom Geschäftsraum ins Hinterzimmer gezerrt und geheim gemacht hatte? Im fotokopierten Zeitungsartikel über die Abrüstungskonferenz und den französischen Vorschlag einer gemeinsamen Luftflotte des Völkerbundes, den der Archivar vollständig in seinen Bericht eingefügt hatte, war auch zu lesen gewesen, dass die Bürokratie dem Völkerbund ein langes Leben sichern würde. Um diesen schon verknoteten Faden nicht zu verlieren, suchte ich im Sachregister nach Bürokratie. Sie hatte keinen Eintrag. Dollinger widmete der Organisation der Städtehanse aber ein ganzes Kapitel. Der Hansetag, las ich, war die Generalversammlung der Mitglieder. Dieser regelte ohne Recht auf Berufung alle Belange der Gemeinschaft. Trotz oder wegen dieser Macht hielt der Hansetag keine regelmäßigen Treffen ab. Die Mitgliedschaft war streng reglementiert, Listen über die Mitglieder wurden aber keine geführt. Von ihren Gegnern hätten sie dazu benutzt werden können, die ganze Gemeinschaft haftbar zu machen.

Hanse und Völkerbund ließen sich nicht vergleichen. Ich stellte das Buch neben den gebundenen Brundtland-Report ins Regal. Waldheim hatte Brundtland den Auftrag zur Bildung der Kommission gegeben, ohne genau zu wissen, wozu sie diente, dessen war ich mir sicher. »We live in an era in the history of nations«, stand in der Einführung, »when there is greater need than ever for coordinated political action and responsibility.« Ein Zufall.

Limit – 1989

Wir überquerten den Rhein, der uns bis Basel begleitet hatte. In drei Stunden sollten wir zu Hause sein. Ich war optimistisch. Die Sonne am leicht bewölkten Himmel ging unter, und der samstägliche Abendverkehr war auszuhalten, weil mein Sohn gut gelaunt war.

Wir hatten *Indiana Jones und der letzte Kreuzzug* im deutschen Freiburg gesehen, die Nachmittagsvorstellung. In den Schweizer Kinos würde er erst nächste Woche starten. Paul wollte nicht warten, und in Genf, meinte er, würde der Film nur auf Französisch mit Untertiteln laufen. Er war die deutschen Synchronsprecher gewohnt.

Mein Versprechen, Karten für die Österreich-Premiere in Salzburg zu besorgen, hatte ich nicht halten können. Von der regulären Matinee, die Paul während der Hinfahrt noch als blöd bezeichnet hatte, war er dennoch begeistert gewesen. Ich weniger. Der laute Ton hatte von den Bildern abgelenkt. Einzig die Szene, als Jones einer Bücherverbrennung in Berlin beiwohnt, fesselte mich. Hatten im Film echte Bücher gebrannt?

Wir fuhren in einen Tunnel. Er schluckte die Umgebungsgeräusche, und Paul fragte unvermutet, wie ich den Krieg erlebt hätte, was seine Großeltern gemacht hätten. Die Kürze meiner Antworten schien ihn dann glücklicherweise nicht zu stören. Das würde nicht lange so bleiben. In Gedanken spielte ich schon die bevorstehenden Gespräche durch. Paul würde nicht nachgeben. Ich auch nicht. Das hatte ich von ihm gelernt. Das Problem von Jugendlichen mit alten Vätern in diesem Jahrhundert. Wobei, so alt war ich ja auch noch nicht gewesen.

Ich erklärte stockend, warum die meisten Österreicher den Nazis nicht widerstanden hatten, und kontrollierte mit einem Blick zum Beifahrersitz seine Reaktion. Er schwieg, schaute aus dem Fenster, in dem er nur die orange Tunnelbeleuchtung erkennen würde.

Um die Stille im Wageninneren und in mir zu brechen, fügte ich an, dass die Geschichte komplexer sei, als die Fiktion das darstellen könne. Mir hätte ja missfallen, dass die Filmemacher ein fiktionales, offensichtlich an die Türkei angelehntes Land erfunden haben, das mit den Nazis sympathisierte. Die Türkei sei im Zweiten Weltkrieg nämlich neutral gewesen. Hatay, entgegnete Paul, sei aber echt gewesen. Wir diskutierten ein paar Minuten darüber, ohne den anderen überzeugen zu können. Ich vergaß es zunächst. Paul ebenso, dachte ich.

Um zehn Uhr kamen wir an. In Genf war es kühl. Wind bewegte die noch grünen Hecken. Sie verschwanden mit dem Abstellen des Motors, dem Verlöschen der Scheinwerfer.

Jane sperrte auf. »Ich war im Büro und habe euch kommen sehen.« Paul lief hinauf in sein Zimmer.

»Gute Nacht«, sagte ich und war enttäuscht keinen Dank für die lange Fahrt bekommen zu haben.

»Wie wars?«, fragte Jane.

»Laut, aber ganz okay. Brauchst du noch lange?«

»Ein paar Arbeiten muss ich noch kontrollieren.«

Ich ging in die Bibliothek. Hatay war mir plötzlich wieder eingefallen. Ich wollte kontrollieren, ob es tatsächlich eine Erfindung der Filmemacher gewesen war. So, wie die Bibliothek in Venedig, die ich Paul als deutliches Beispiel einer Erfindung gegeben hatte. Ich war in jenem Gebäude gewesen, das man im Film von außen sah. In Wirklichkeit hat es zumindest vor vierzig Jahren innen anders ausgesehen als im Film.

Natürlich konnte ein Film etwas erfinden, Menschen, Dinge, auch Länder, aber etwas störte mich an Hatay.

Die Bibliothek war mehr auf Repräsentanz, denn auf Inhalt ausgelegt. Die jüngere der zwei mehrbändigen Enzyklopädien war rund fünfzig Jahre alt. In der älteren fand ich Hatay nicht, in der Jüngeren wurde ich auf den Artikel zu Alexandretta im betreffenden Band verwiesen. Der Name klang bekannt.

Mein Sohn kam in die Bibliothek, verhinderte ein Erinnern. Betont gelassen legte ich das Buch auf den Schreibtisch.

»Siehst du«, sagte Paul, »da stehts schwarz auf weiß.«

Mit einem Zeitschriftenartikel bewies er mir die Existenz Hatays. Eine Infobox neben einer Rezension fragte »Schon gewusst?« Nein, antwortete ich in Gedanken.

»Hm, interessant«, sagte ich, »das wusste ich nicht. Fast ein Jahr hat sie überlebt, die Republik Hatay. So, so.«

Am Frühstückstisch erzählte Paul am nächsten Morgen die Handlung des Films nach. Jane freute sich über die Freude unseres Sohnes.

In den anderen Kantonen wurde der Bettag gefeiert. Ich blieb den ganzen Tag in der Wohnung, wollte in der Bibliothek aufräumen. Am Schreibtisch lag noch immer der erste Band der jüngeren Enzyklopädie. Alexandretta wurde bloß mit »türkische Stadt« erklärt.

Nach einem ereignislosen Vormittag im Büro fand ich am Nachmittag des folgenden Montags Zeit, eine deutsche Buchhandlung aufzusuchen. Die Verfilmung von Brigitte Schwaigers *Wie kommt das Salz ins Meer* war gestern im Fernsehen gelaufen. Im Oktober, stand heute in der Zeitung, würde sie in Genf aus ihrem neuen Buch *Liebesversuche* lesen, das ich noch nicht hatte.

Ich fand es, doch lenkte mich eine grelle Werbung ab. Eine Version der 19. Auflage des Brockhaus, gestaltet von Hundertwasser. Hatay holte mich ein. In einem neuen Lexikon müsste es zu finden sein. Der Brockhaus war aber unauffindbar.

»Sie sind im Lager«, sagte die Buchhändlerin. »Wir haben leider zu wenig Platz. Wollen sie die gesamte Auflage?«

»Nein, nein. Bringen Sie bitte«, und ich tat, als müsste ich überlegen, »ja, bringen Sie bitte die Bände mit dem Buchstaben H. Ich will nur den Aufbau und die Materialqualität prüfen.«

Sie brachte zwei Bände. »Der eine«, erklärte sie, »ist aus der vorherigen Auflage. Nächstes Jahr wird eine aktualisierte erscheinen. Auch die Hundertwasser-Version. Haben sie die Werbung gesehen?« Ich nickte, wollte die Bücher entgegennehmen. »Bei einem Abonnement der restlichen Bände«, sagte sie hoffnungsvoll, »könnte ich ihnen einen Rabatt geben.«

»Danke, nein.« Sie nickte resigniert und kümmerte sich um einen anderen Kunden.

An den leichten Knicken der Seiten der älteren Auflage merkte ich, dass ich nicht der Erste gewesen sein konnte, der den Brockhaus »zur Ansicht« aus dem Lager verlangt hatte. Hatay existierte auch im Brockhaus, zumindest in der alten Auflage, nicht. Möglicherweise würde es aber in die neue Auflage aufgenommen werden. Genervt von dieser neu entstandenen Obsession, diesem Ort, der mich verfolgte, legte ich die Bücher auf den Ladentisch und beschloss, meinem Sohn seinen Glauben zu lassen und mir den Zweifel.

Einige Wochen ging das gut. Dann wurde der Glaube erschüttert, der Zweifel bestärkt. Einer meiner Vorgänger, Hubert, ein altgedienter Diplomat, besuchte mich an seiner letzten Wirkungsstätte und begleitete mich dann in seine ehemalige Wohnung.

Für sein Alter war Hubert bemerkenswert luzide und agil. Nach dem Essen gingen er und ich in den Salon. Er schenkte uns Whiskey ein. Wir sprachen über die Schweiz, unsere Arbeit, wie sie sich veränderte, unsere früheren Posten und landeten zu meiner Überraschung in Hatay. Nach dem Anschluss will Hubert nach Ankara geflohen sein. Seine Augen leuchteten.

Warum leuchten Augen? Weil sie in Momenten der Wut, des Erschreckens oder des Triumphs weiter aufgerissen werden, sie dadurch der Luft mehr Angriffsfläche bieten, schneller trocken werden, weshalb mehr Tränenflüssigkeit produziert wird, die auf der größeren, weißen Fläche das einfallende Licht besser reflektiert?

Ich weiß es nicht.

Die Türkei, erzählte Hubert, habe unter ihnen als sicher gegolten. Dieses »ihnen« oder, wie er sagte, »uns« verleitete mich in den folgenden Jahren, Jahrzehnten zu vielen Spekulationen. Im Studium habe er an Blättern mitgewirkt, die »bei uns« verboten gewesen seien. Später habe er dann für »die Sache« einen Posten im diplomatischen Dienst angetreten. Er habe versucht, so vielen »von ihnen« zu helfen wie möglich.

Er redete schnell, und die wenigen Pausen nutzte er für lange Züge an einer Zigarette, die niemals auszugehen schien. Am Ende blies er so viel Rauch aus, dass ich mir vorstellte, er hätte ihn für diesen dramatischen Moment in seinen hageren Backen gespeichert, denn er schloss die Erzählung seiner türkischen Zeit mit einer Explosion in Hatay.

War er dafür verantwortlich, waren es wichtige, belastende Dokumente oder kriegsnotwendige Materialien gewesen, die vernichtet, hohe Militärs, die getötet worden waren? Ich fragte nicht nach, konnte es nicht, weil das Wort Hatay mich aus der Heldengeschichte riss, die einem Groschenroman entnommen sein könnte und mit der er mich einlullte.

Zackig erhob er sich aus dem Fauteuil, durchbrach dabei die Rauchwolke um seinen Kopf und ging zur Bar, um sich noch ein Glas Whiskey zu holen. Als er sich umdrehte, hatte er sich irgendwie eine neue Zigarette angesteckt.

»›Hatay‹ sagen Sie«, begann ich eine Frage, die vom neuen,

anderen Rauch verschluckt wurde. Ich hatte keinerlei Kenntnis von Tabak, erinnerte mich aber, dass den Rationen der Wehrmacht neben Scho-Ka-Kola, Pervitin auch türkischer Tabak beigegeben war. Wie roch türkischer Tabak?

»Ja, eine historische Notlösung«, unterbrach Hubert meine Gedanken, »wie so vieles zu jener Zeit. Die Republik hatte bei ihrer Gründung die türkische Flagge und Hymne, ließ aber eigene Briefmarken drucken. Ich nahm einen Bogen mit, in Erwartung ihn in dreißig, vierzig Jahren teuer verkaufen zu können. Leider hatte ich Pech. Die Republik hatte ihre Marken überproduziert. Der Händler, hier in Genf glaube ich, hat mir ein ganzes Album mit vollen Sätzen von Hatay-Marken gezeigt. Die meisten Marken seien überdies Aufdrucke gewesen. Wie nach der Befreiung ›Österreich‹ auf den Führerkopf gedruckt wurde, druckte man ›HATAY‹ auf die alten syrischen und libanesischen Marken.«

Die Tür zum Salon wurde aufgeschoben. Paul hustete vom Rauch, der im geschlossenen Zimmer hängen geblieben war. »Entschuldigung«, sagte er, als er ausgehustet hatte und reichte Hubert die Hand, »ich wollte mich von Ihnen verabschieden.«

»Wo gehst du denn hin«, fragte ich, begleitete ihn hinaus. Seine Augen waren glasig vom Rauch, vom Husten. »Ins Kino mit Marc. *Dernière Croisade*.«

Hatay würde für sie auf der Leinwand aufflackern. Als Fiktion mit realem Hintergrund. Ich begann, an seine Existenz zu glauben.

Zungenhüten – 1998

»Die Sprache macht das Volk. Das hat der Mensch ja schon früh verstanden. Deshalb hat der Italiener versucht, uns das Deutsche wegzunehmen. Wie der Engländer den Iren das Keltische. Alle sind sie damit gescheitert! Die Iren haben ihre Kinder in den Hecken unterrichtet, wir die unseren in den Katakomben!«

Der Redner am Nebentisch musste mehrmals neu ansetzen, weil er während seiner Ausführungen von seinem Platz aufstehen wollte, ihn aber sein Sitznachbar jedes Mal daran hinderte. Seine Stimme trug aber auch im Sitzen weit.

Die Nachspeisen waren verzehrt, die Verdauungsschnäpse getrunken, die hochrangigen Gäste verabschiedet worden. Begann nun die eigentliche Feier, gaudeamus igitur? Im entstandenen Schweigen wirkten die vereinzelten Rufe der Zustimmung fast noch peinlicher als die Rede selbst. Die Arme auf dem Tisch verschränkt, hob ich den Blick von meinem Glas zum Nebentisch, begegnete dabei ähnlich vorsichtigen Blicken. Erleichtert wandten wir uns ab. Der Redner hatte sich mittlerweile wieder beruhigt, die unterbrochenen Gespräche wurden fortgesetzt.

Marks Streit mit dem Nebentisch nicht. Der Redner nahm ein Glas Bier, sein Sitznachbar nahm es ihm wieder ab und schüttelte grinsend den Kopf über Mark, der aufstand und ging. Ende August wurde er als Volontär in die Botschaft in Rom beordert. Wenn der Grund des Streits in der Rede zu finden war, musste er Mark an seine Magisterarbeit erinnert haben, in der es um Sprachenrechte ging und mit der er Probleme zu haben schien. Seit einem Besuch in Triest vor einigen Wochen hatte er sie nicht mehr erwähnt. Und vor dem Streit war es an unserem Tisch um die Bozener Universität gegangen. Jane hatte über die Anekdote einer ehemaligen Kollegin gelacht, die hier unterrichtete, die Pointe wiederholt, die ich nicht verstanden hatte: »Eine lange Weile!« Sie hatte nach Luft gerungen, ich geschmunzelt, Mark versucht, sich dem Gespräch zu entziehen, indem er ins Leere starrte.

Am Vormittag hatten Landeshauptmann Durnwalder und Unterrichtsminister Berlinguer die neue Universität offiziell eröffnet, die derzeit nur aus den umgebauten obersten Stockwerken des alten Stadtspitals bestand. Es war hektisch zugegangen.

Kaum hatten Durnwalder und Berlinguer das Band vor dem unscheinbaren Eingang des Spitals zerschnitten, stiegen sie in den Aufzug, der sie in den vierten Stock brachte, wo sich der größte Hörsaal befand, in dem vor einem Monat die erste Vorlesung stattgefunden hatte. Wir eilten die Treppen hinauf, hatten uns gerade gesetzt, als Durnwalder seine Rede begann. »Jahrzehntelang hat unsere deutsch- und ladinischsprachige Bevölkerung eine traditionelle, sprich staatliche Universität als ethnische Bedrohung empfunden.« Wir wussten, was er meinte. Eine Südtiroler Universität sei »ein trojanisches Pferd aus Rom zur Unterwanderung der Südtiroler Minderheit«, wie es Andreas Khol von der ÖVP einmal deutlicher ausgedrückt hatte. 1990 wurde Durnwalder aber zum Handeln gezwungen, als das italienische Universitätsgesetz gemäß einer EG-Richtlinie reformiert wurde. Auch Volksschullehrer mussten nun ein vierjähriges Universitätsstudium abschließen. Wollte Durnwalder weiter die Ausbildung von deutsch- und ladinischsprachigem Lehrpersonal gewährleisten, musste er der Universität zustimmen. Berlinguer stand bei den Schlussworten Durnwalders auf, näherte sich dem Pult. Der Landeshauptmann drehte sich im Applaus um und wollte sich sein Erschrecken über die Nähe Berlinguers nicht anmerken lassen. Freundlich klopfte er dem Minister auf den Oberarm, sagte etwas. »Du bists«, stellte ich mir vor. »Eine Universität der getrennten Volksgruppen lebt nicht lange«, mahnte Berlinguer. »Diese Universität wird ihren Sieg erst dann davongetragen haben, wenn Englisch unumgänglich wird, weil Studenten ihretwegen nach Bozen kommen, obwohl sie weder Deutsch noch Italienisch sprechen.«

Nach den Reden führte der Rektor uns über das Spitalsgelände, erklärte das siegreiche Modell für die Neubauten, das vor dem Erste-Klasse-Trakt aufgestellt worden war. In diesem Gebäude, dessen Fassade opulenter verziert war als jene des restlichen Spitals, würde das Rektorat einziehen. Das Tor zur Universität nannte es der Rektor, die Studenten nannte er seine Kunden. Eine Frau im Hintergrund stöhnte genervt auf. Mir entwich ein Schmunzeln. Wie beim Seitenhieb Berlinguers gegen Durnwalder, den der Minister bei einem ersten Treffen in Sachen Universität gefragt haben wollte, ob er überhaupt wisse, was eine Universität sei.

Ich trank den letzten Schluck des guten Weins, der wenige hundert Meter von diesem Tisch entfernt gewachsen war. Durnwalder kannte wenigstens die Bedeutung dieser Universität. Ein ehemaliger italienischer Minister hatte in einem Artikel angeprangert, dass Italiener Südtirol verließen, weil der deutschsprachige Teil überfördert werde. »Wer auch nur versucht, sich in die Situation einer sprachlichen Minderheit hineinzufühlen«, hatte Durnwalder in einem Leserbrief geantwortet, »versteht die Wichtigkeit des Unterrichts in der Muttersprache.« Mark hatte mir das sarkastisch überhöht vorgelesen, als er noch über seine Arbeit sprach.

Ich stellte das leere Glas ab, lehnte mich zurück, sah nach oben. Rosa Himmel hinter Glas. Ich gähnte. Das Festessen fand nicht am unfertigen Campus, sondern im nahen Schloss

Maretsch statt. Durnwalder war hierher, Berlinguer zu einem Gymnasium gefahren worden, wo er den Schülern die neuen Maturaregeln erklären musste. Wir hatten beim Schloss geparkt und waren dann zu Fuß gegangen. Der Morgenfrost hatte gegen die Sonne verloren. Im überglasten Innenhof hatte sich ihre Farbe während des Essens verändert, mit ihr die Stimmung.

Der Mann von vorhin wollte eine neue Rede beginnen. Sein Sitznachbar würde ihn nicht mehr lange halten können. Ich wollte nicht hören, was er noch zu sagen hatte, sagte zu Jane, ich wolle mir die Beine vertreten. Den aufgestellten Mantelkragen hätte es nicht gebraucht. Kaum jemand erkannte mich. In der Hektik war meine Rede im Spital gestrichen worden.

Bei meinem ersten Besuch in Bozen hatte mich im Büro des Landeshauptmannes ein Sekretär mit jenem ›von‹ vor meinem Nachnamen gegrüßt, das der Familie meines Vaters runde zehn Jahre vor meiner Geburt aberkannt worden war. Niemand kommentierte das. Auch ich hatte ihn nicht korrigiert, mich nur gefragt, woher er das wusste.

Der kalte Schlosskorridor erinnerte mich daran. Ein altes Gebäude, das einem neuen Zweck diente. Hatte der Rektor nicht gesagt, das alte Spital sei einst eine Kaserne gewesen? Ich würde ihn noch einmal fragen, bevor wir fuhren. Oder vielleicht konnte Jane sich erinnern. Die Geschichten alter Häuser interessierten mich. Über die beiden in meinem Besitz könnte ich vieles erzählen. Das Landhaus etwa hatte vor dem Einzug meiner Familie um 1870 eine Eskadron Ulanen beherbergt. Ein mottenzerfressener Tschako hatte mir die Wahrheit dieser alten Geschichte bewiesen. Im Dachstuhl über den Ställen, der als Stauraum diente, hatte ich die Überreste beim Versteckspiel gefunden. Das Italienische war über einen Großonkel in die Familie gekommen, der an einer

Triestiner Bank beteiligt gewesen war. Mein Vater schwärmte von den schönen Ferien bei ihm. Das Haus im Karst und die Bankbeteiligung verschwanden gleichzeitig mit dem Titel aus dem Besitz meiner Familie. Land- und Stadthaus sowie die Sprache waren meinem Vater geblieben. In Sprachstunden ließ er sie an mich weitergeben. Seine Investition hatte sich in den letzten vier Jahren endlich bezahlt gemacht.

Aus dem Klo kam ein Mann, der den Rundgang mitgemacht hatte. Er erkannte, grüßte mich. Ich hob das Kinn, streckte es nach vorn, schmunzelte leicht, ohne die Zähne zu zeigen, spürte, wie die Lider sich senkten, die Brauen sich zusammenschoben und nickte, was herablassend wirken musste. Der andere wandte sich jedenfalls ab. War das ein Erbe meiner adeligen Herkunft? Nein, ich konnte mir ja nicht aussuchen, wie ich wahrgenommen wurde. Ich ging auf die Toilette, wusch mir die Hände. Das Schmunzeln war im Spiegel verschwunden. Ausdruckslos starrte ich mich an. Wie andere mich wahrnahmen stand nicht in meiner Macht, sehr wohl aber, wie ich mich darstellte. Warum also dieser Blick? War das mein wahres adeliges Erbe, das Privileg, nicht aussuchen zu müssen, und die Bürde, keine Wahl zu haben?

Draußen war es kühler geworden. Die Weinstöcke um das Schloss waren abgeerntet. Ausgelesen? Die meisten der Blätter waren rot, viele schon gefallen und zusammengekehrt worden. Zwischen zwei Stockreihen sah ich Mark gegen einen Laubhaufen treten. Die Blätter fielen schneller, als ich erwartet hatte. Feuchtigkeit musste sie schwer gemacht haben. Mark grinste. Dann sah er mich, nahm Haltung an.

»Ich musste mich abreagieren«, erklärte er verlegen. »Der Kerl hat meinen Blick bemerkt und zu Fleiß Pella erwähnt, seine Forderung einer Volksabstimmung für Triest, was er Südtirol verwehrt haben soll. Da hab ich nicht anders gekonnt.«

Die Sprachenrechte der Triestiner Slowenen unter besonderer

Berücksichtigung des Freien Territoriums Triest, den sperrigen Titel von Marks Magisterarbeit kannte ich. Auch einige Recherchefunde, die er mir vorgelesen hatte, die nun aber großteils zu Zitaten ohne Namen geschrumpft und dabei verzerrt worden waren. Wer dieser Pella war, wusste ich nicht.

Gegen Ende des Freien Territoriums war ich auf Urlaub in Triest gewesen. Eine Abstimmung, eine aufgeheizte Atmosphäre waren mir nicht aufgefallen. Ich erinnerte Triest ruhiger als Wien, weil nur Briten und Amerikaner die Stadt verwalteten, nicht auch Russen und Franzosen. Die englischsprachigen Alliierten trauten einander halbwegs. Vielleicht wird die Erinnerung an Triest aber auch von jener an das Chaos von 45 verzerrt. Damals sah ich mich weder lachen noch schmunzeln und spürte nicht die Bora im Haar wie ich es in Triest erlebt hatte. Oder wie ich es in Triest erlebt haben wollte?

»Der Vergleich mit den Triestiner Slowenen ist unehrlich. In ihrer Provinz sind die deutschsprachigen Südtiroler ja die Mehrheit und führen sich auch so auf.«

Mit den Schuhen versuchte ich die verstreuten Blätter zum Haufen zu schieben. Es war unmöglich. Die Ledersohlen glitten über sie hinweg. Durch die Socken spürte ich aber die kühle Feuchte des Grases an den Knöcheln über den niedrigen Schäften.

»Als der andere Kerl angefangen hat herumzuschreien«, sagte Mark, »hab ich gehen müssen. Auch weil ich nicht wusste, wie ich es ihm beweisen, worauf mein Argument hinauslaufen sollte.« Eine lange Pause. »Das ist das Problem mit meiner Arbeit, hat meine Betreuerin gesagt. Ein Haufen Text ohne Ziel.« Eine kürzere Pause. »Aber ich könne es noch retten. Straffen müsse ich es halt.«

Diese Aussage musste in Triest gefallen sein, wo seine Betreuerin bei einem Symposium gesprochen hatte. Aufziehende Wolken wurden in Dunkelrot getaucht. Ich schlug vor, zurückzugehen. Wir seien schon spät dran. Mark nickte, ging voran. Am Schlossparkplatz blieb er stehen, betrachtete die nun beleuchtete Mauer.

»Im Juli 45 wurde im Schloss Streiteben ein Lehrerseminar für die Triestiner Slowenen eingerichtet. Zuvor seien Tschetniks dort stationiert gewesen, steht in *Primorski dnevnik*.« Mark klang wie früher. »Das muss die Zeitung sein, von der Radko in Pahors *Kampf mit dem Frühling* spricht. Sie erinnern sich?« Nein, dachte ich, schwieg. »Jetzt, wo er Bergen-Belsen überlebt hat, kann er endlich eine Zeitung lesen, die dort erscheint, wo man ihnen die Zunge hatte herausreißen wollen.« Er ging weiter. »Die neuen Lehrer sollen den Kindern beibringen, dass die Italiener Brüder, keine Feinde, sind, damit die Geißel des Hasses ausgerottet wird.« Die Nähe der Schlossmauer veränderte Marks Stimme, dämpfte sie. »Und heute instrumentalisieren die Italiener Titos Foibe gegen die Triestiner Slowenen. Immerhin dürfen sie ihre Geschichte in slowenischen Schulen vermitteln.«

Ich wusste nichts hinzuzufügen und folgte ihm ins Schloss. Im Vergleich mit draußen, kam mir der Korridor nun wärmer vor.

Lotterleben – 1999

»Can I get a Flügerl? I mean a … a Red Bull Vodka?«

Ich sah vom Reiseführer auf, blickte zum Mann, der am anderen Ende der Schank saß. Aufgrund seines Akzents und der Wortwahl hielt ich ihn zweifelsohne für einen Österreicher. Der Barmann öffnete eine Dose. In einem hohen Glas ließ das gelbliche Getränk zerkleinertes Eis aufsteigen, das, als es sich beruhigt hatte, von einem Schuss Wodka erneut aufgewirbelt wurde.

Ein Ventilator wehte die künstliche Süße in meine Richtung. Ich musste mein Gesicht ähnlich verziehen wie der Mann nach seinem ersten großen Schluck. Er erkannte seine Grimasse in meiner wieder und entschuldigte sich auf Englisch. Im langen Urlaub seit Jänner dieses Jahres, den ich noch nicht Pension nennen wollte, war ich gierig nach jedem Gespräch geworden, und sagte auf Deutsch, dass mich der ungewöhnliche Geruch überrascht habe. Er setzte sich neben mich, stieß mit mir an. Sein Getränk war ähnlich gelb wie mein Bier.

»Ich hasse es, bin aber leider süchtig. Diesen Winter habe ich für meine Detektei in den Toiletten von sicher zwanzig Lokalen überprüft, ob die Wirte wirklich Red Bull in ihre Flügerl mischen oder ein Konkurrenzprodukt.« Er nahm einen zweiten Schluck, schnitt dieselbe Grimasse, seufzte beim Ausatmen aber ein zufriedenes »Mh hm«. »Die Kollegen und ich hätten eigentlich nur Proben nehmen und den Rest ins Klo schütten sollen, aber irgendwann hat es mich gereizt, das Grausen vor dem Geruch zu überwinden. Das war keine gute Idee.«

Auf Malta sei er im Auftrag der Arbeiterkammer. Maltesische Reiseanbieter würden immer mehr Österreicher mit Gewinnreisen reinlegen. Man bekäme Briefe, in denen es hieß, man habe eine Mittelmeerkreuzfahrt gewonnen, müsse nur einen Organisationsbeitrag einzahlen, um den Gutschein zu erhalten. Habe man gezahlt, würden Zusatzleistungen wie größere Zimmer angeboten. Einen Monat vor der Reise würde diese dann abgesagt. Er wischte sich den Schweiß von der roten Stirn. Meine Frau und ich hätten über ein österreichisches Reisebüro gebucht, sagte ich. Da habe es keine Probleme gegeben. Er nickte, sah auf die Uhr. Seine Augen weiteten sich. Schnell leerte er den Rest seines Getränks, verschluckte sich am Eis und stand hustend auf. »Ich muss bis sechs Uhr noch eine Adresse finden«, erklärte er und stocherte in seiner Geldtasche, in der sich die Währungen vermischt haben mussten. »Das ist gar nicht so leicht. Die meisten Straßen sind maltesisch beschildert. Hoffentlich ist diese Anschrift endlich echt. Ich habe heute viele Postkästen, aber noch kein Reisebüro gefunden.« Ich wünschte ihm Glück. Liri klingelten zur Antwort auf die Schank.

Der Red-Bull-Geruch hatte es über die Nase bis zu meinem Gaumen geschafft. Ich versuchte, ihn mit einem Schluck San Pellegrino fortzuspülen. Die grüne Flasche hatte rundere Schultern als die braune des Cisk Lagers, für das ich schon eine halbe Stunde brauchte. Laut Banderole wurde es in Birkirkara gebraut. Lag das auf Malta? Wenn ja, woher bekam die Brauerei eigentlich ihr Wasser? Im Reiseführer hatte ich eben vom knappen Grundwasser auf den Inseln Maltas gelesen. Es gab weder Flüsse noch Seen. Ich fand Birkirkara im Register. Hier hatte sich die Endhaltestelle für Maltas 1931 eingestellte Eisenbahnlinie befunden. Im Zweiten Weltkrieg waren die Tunnels als Luftschutzbunker benutzt worden. Von Jalta nach Malta. Hatten 1989 nicht viele Zeitungen in Erinnerung an die Krim-Konferenz so getitelt, bevor auf Malta das Ende des Kalten Krieges verkündet wurde? Hatte sich nicht wenige Jahre davor der damalige maltesische Premierminister von Nordkorea beim Aufbau der eigenen Landesverteidigung beraten lassen? Seinen Namen hatte ich vergessen. Vorgestern waren wir am Sitz des Premiers vorbeigekommen, die Auberge de Castille. Die Stadtführerin meinte, es sei passend, dass der Premier in einem ehemaligen Gasthof residiere, sei der Tourismus doch der größte Wirtschaftszweig Maltas. »Hôtel de ville«, murmelte eine Schweizerin neben mir und fragte laut, ob es stimme, dass die aktuelle Regierung an den Fensterläden der Auberge erkennbar sei, sie bei jedem Wechsel übermalt würden: rot für Labour, grün wie jetzt für die Nationalisten. Das wäre ihr neu, sagte die Führerin.

Gelesenes und Halberinnertes formten sich zu keinem konkreten Gedanken. Ich trank das Bier aus und zahlte. Die Sonne schaffte es nicht mehr in den Gastgarten, als ich die Bar verließ. Sie würde den Detektiv nicht allzu lange quälen. Ein Kellner entfernte die Markisen über den Tischen. Durch das Fernglas sah ich vorbei an der Rückseite des britischen Wappens auf dem Victoria Gate in den großen Hafen. Am anderen Ufer der Bucht erkannte ich die Halbinsel Senglea an ihrer gewaltigen Festungsmauer. Es war nicht die einzige im großen Hafen, was die Unterscheidung schwierig machte, doch war ich mir in diesem Fall sicher. Auf den Mauern hingen die beiden riesigen gelbroten Flaggen, die Farben Sengleas, deren Anbringung wir gestern mitverfolgt hatten.

Heute hatten wir erfahren, dass sie zur Motivation der Ruderteams aus Senglea dort hingen. Halbjährlich fand eine Regatta im großen Hafen statt. Soweit ich die verrauschte Lautsprecherstimme verstanden hatte, war Senglea im Hauptbewerb erfolgreich gewesen. Auf der Hafenstraße unter den Flaggen kauften wir im Jubel nach diesem Sieg Pizza bei einem Imbisswagen. Jemand rempelte mich an, die Pizza landete auf dem Asphalt. Ich wollte sie aufheben, wurde wieder angerempelt. Es wurde mir zu viel. Malta war zu klein für seine vielen Feste. Jede Ortschaft auf den Inseln hatte einen eigenen Heiligen, eine Heilige, jeder, jede von ihnen hatte sein, ihr Fest, die über den Sommer verteilt waren. Ich wollte ins Hotel. Jane wollte bleiben, da bald der Umzug zu Ehren Mariäs Geburt und zum Gedenken an den Victoria Day beginnen werde. Das verstärkte meinen Wunsch zu gehen, da das Gedränge sicher noch zunehmen würde. Sie war enttäuscht.

Der Urlaub war ihre Idee gewesen. An einem Raster ausgelegt, hatte sie Valletta auf einer Karte im Reiseführer an Manhattan erinnert. Es soll die erste moderne Planstadt sein, hatte sie in der Wiener Buchhandlung vorgelesen. Ihre Ruhe damals hatte mich erstaunt. In Paris wurden nämlich die unterbrochenen Gespräche von Rambouillet fortgesetzt, und in der Hofburg fand eine Konferenz der im Kosovo vertretenen Religionsgemeinschaften über Frieden und Toleranz statt. In der Schlusserklärung beteten die Teilnehmer für den Frieden. Das Gebet wurde nicht erhört. Jane war nicht lange ruhig geblieben. Im Land ihrer Mutter war in ihren Augen das Land ihrer Großmutter vor die Wahl einer Besetzung oder einer Bombardierung gestellt worden, während im Land ihres Mannes für Menschen gebetet wurde, die ja niemand vertreiben wolle. Ihr Ärger hielt so lange, wie es diese nächste Phase des Krieges auf die Titelseiten schaffte, der im frühen Sommer für beendet erklärt worden war. Diese Wechselwirkung erschreckte mich, weil sie mich meine eigene Abstumpfung erkennen ließ. Jetzt, im späten Sommer, hatte ich sie und die Scham, die ihrem Erkennen folgte, fast schon wieder vergessen. Wie vergaß Jane ihren Ärger?

Eine hüfthohe Mauer trennte den Gastgarten und einen schmalen Weg, der zu unserem Hotel führte, von mehreren ineinander verschlungenen Straßen. Hier war das Raster wohl auf eine ältere Stadtbefestigung gestoßen und hatte sich anpassen müssen. Ich konnte nicht erkennen, welcher Weg mich durch das Victoria Gate hinunter zum Hafen führen würde. Ich versuchte, es wie ein Labyrinth zu lösen, vom Ziel an den Start zurückzugehen. Es half nicht. Ich setzte mich an einen freien Tisch in einem Gastgarten, bestellte einen Orangensaft. Bis sechs Uhr war es noch etwas hin. Der Detektiv hatte genug Zeit, um das Reisebüro zu finden, Jane, um zum Abendessen ins Hotel zu kommen, wenn ihr die Umzüge doch zu viel wurden. An den Vortagen hatten wir nie vor acht gegessen. Morgen würde es später werden. Wir wollten die Fähre nach Gozo nehmen, eine Wanderung entlang der Südküste machen, zu der es im Führer eine Karte gab. In einem Kasten darunter wurde ein Restaurant empfohlen. Der Fisch dort sei ausgezeichnet. Sollte ich vorschlagen, auf Gozo zu übernachten? Ich fing mein Gähnen mit der Hand, ekelte mich vor der warmen Feuchtigkeit auf meinen Fingern.

Jane würde mich morgen tragen müssen, wenn ich weiter so abbaute. Seit Jänner nahm ich durch sie an der Welt teil, ohne es zugeben zu wollen. Abends, wenn sie von der Uni nach Hause kam, wollte ich sofort erfahren, wie es draußen gewesen war, bei der Arbeit, unter Menschen. Wusste ich alles, tat ich es mit einem »Ach so« ab und ging in die Bibliothek, wo ich meinen Tag verbracht hatte. Der Rückzug erfolgte auch deshalb, weil mir in diesen einseitigen Gesprächen stets bewusst wurde, wie sehr wir uns auseinandergelebt hatten. Der Schmerz darüber wurde einzig dadurch gelindert, dass wir weniger stritten. So war es auch in diesem Urlaub. Vormittags waren wir Hand in Hand durch Senglea gegangen. Von außen betrachtet mussten wir normal gewirkt haben, glücklich sogar. Vielleicht war Jane glücklich. Sie hatte oft gelächelt in den letzten Tagen.

Der Kellner brachte den Orangensaft. Am Nebentisch redete er in einer Sprache, die ich für maltesisch hielt. Ich hörte genauer hin, glaubte einige Worte verstehen zu können. Im Reiseführer gab es ein Kapitel über die Landessprache mit Glossar. Ich wollte dorthin blättern, blieb aber an zwei Fotografien hängen. Die Windmühle sah dem Leuchtturm sehr ähnlich. Beide hatten sie eine gemauerte, würfelförmige Basis, aus der ein runder gemauerter Turm ragte. Ich hatte andere Prototypen im Kopf. Eine Windmühle musste ein runder, untersetzter und geweißelter Turm mit hölzernem Kegeldach, ein Leuchtturm rund und rotweiß gestrichen sein. Leuchttürme hatte ich weder in den anderen Städten der Hauptinsel, die wir besucht hatten, noch im großen Hafen gesehen. Und die Windmühlen? Laut Führer waren die meisten nun Wohnhäuser. Gab es eine in Valletta? Ich fragte den Kellner.

»Windmill? Yeah, that's not far from here.« Er zeichnete mir den Weg auf die Rechnung.

Eine Viertelstunde später erreichte ich einen umzäunten Garten, der auf einer Bastion errichtet worden war. Der Ausblick über ihre Ausläufer in eine schmale Bucht mit einem kleinen Jachthafen verwirrte mich auf ähnliche Weise wie jener hin zum Victoria Gate. Es schien mir unwirklich, wie die Architektur aus einem Traum.

Ich verließ den Garten durch das schmiedeeiserne Tor und bemerkte das Schild jener Straße, auf der ich hierhergekommen war: »windmill«. Dieser Name war wohl der einzige Rest der Windmühle. Hatte sie gutes Mehl produziert? Jetzt zumindest wehte ein starker Wind.

Es gab hier nichts mehr zu sehen. Ich wollte zurück zum Hotel. Möglich, dass Jane dort auf mich wartete. Das Licht rund um die untergehende Sonne war rot, was sich gut auf dem Sandstein machte, gut auf Fotos gemacht hätte. Jane hatte unsere Kamera.

Es war dreiviertel sechs. Ich hatte das Gefühl mich beeilen zu müssen. In der nächsten Gasse war ich aber wieder sicher, dass Jane noch in Senglea sein würde. Ich wurde langsamer. Ein Lachen echote durch die Gasse. Galt es mir? Es war hell wie das eines Kindes gewesen, musste aus einem der schmalen Fenster gekommen sein, die hier so beliebt waren und die keinen Einblick in die Häuser erlaubten.

Die Fensterläden und die Tür des Hauses zu meiner Linken waren grün gestrichen. Ein goldenes Schild war neben der Tür angebracht. Ich trat näher heran: »Travel Agency«. Das Reisebüro mit maltesischem Namen, den ich nicht verstand, schien keine Briefkastenfirma zu sein. Eine Frau öffnete die Tür, traf mich beinahe mit dem Türflügel. Anstatt sich zu entschuldigen, fragte sie genervt, warum ich hier im Weg herumstehe. Das wüsste ich auch gerne.

Wehmut der Weiden – 2007

Die Tagebucheinträge ähneln sich. Auf Datum, Entstehungs-
ort und Wetter folgt meist etwas zur Tagespolitik, manchmal
Berufliches, selten Persönliches, bei dem sich das Wenige
auch oft wiederholt. Im Juni 1981 notierte ich etwa zum ersten Mal »Jane zu Serbien«. Ähnlich knappe Einträge folgten.
Ab 1990 steigt ihre Zahl sprunghaft an.

Jane wuchs im Haus ihrer Großeltern in einer Kleinstadt
in der Nähe von Pittsburgh auf. Die alte Frau hatte Jane viel
zu erzählen, einiges zu zeigen. Das Wertvollste waren die
zwei Fotoalben, die sie aus ihrer alten serbischen Heimat
mitgenommen hatte und die später in Janes Besitz kamen.
Bilder mit Büttenrändern von ernsten Menschen unter Spin-
nenpapier. Jane sagte, sie habe sich schon als Kind in diesen Gesichtern wiedererkannt. Das freute die Großmutter,
die daraufhin nur noch Serbisch mit ihr sprach und sie mit
in ihre Kirchengemeinde nahm, wo es Sprachkurse in slawischen Sprachen gab. Als Jane in die Middle School kam,
nahm sie daran teil. Die Lehrerinnen, die an den Wochen-
enden von katholischen Schulen in Pittsburgh in die Kirche
kamen, erkannten Janes Talent, empfahlen der Familie, dass
sie ein Sprachstudium anstreben solle. Sie waren stolz, unter-
stützten Jane. Zusätzliche Hilfe kam von einem serbischstäm-
migen Industriellen in der Autoteilebranche, der Begabten-
stipendien stiftete.

Als Jane schließlich wegzog, war für ihre Mutter die Trennung schwierig. Sie war Französin, hatte außer Jane niemanden mit dem sie ihre Sprache sprechen konnte. Jane rief sie
jeden Samstag an, sprach oft stundenlang mit ihr. Und egal,

wo wir später lebten und trotz der teuren internationalen Telefonate, setzte sie diese Tradition aus der Studienzeit fort.

Die Universität Pittsburgh ist eines der Zentren der Osteuropaforschung in den Staaten und besaß damals schon ein sehr gutes Slawistikprogramm. Jane machte ihren Master in Slawistik, erwarb Zertifikate in Russisch und Osteuropastudien. Sie war glücklich an der Universität, erzählte gerne von ihrer Zeit dort. Eine Anekdote wiederholte sie öfter als andere. Bezeichnenderweise habe ich erst spät erkannt, dass gerade jene nicht positiv ist.

Es war in ihrem dritten Jahr. Einer ihrer Professoren hatte mit Kolleginnen von anderen Universitäten ein Lehrbuch für modernes Russisch verfasst. Im Zuge eines Lehreraustauschs zwischen den USA und der UdSSR stellten sie es in Moskau vor. Einige der sowjetischen Lehrkräfte wollten nicht gemeinsam mit den Amerikanern fotografiert werden, weil das Buch in ihren Augen das sowjetische Volk anschwärze, ein verzerrtes Bild der sowjetischen Lebensumstände präsentiere. Ihr Professor habe in einem Seminar aus den beanstandeten Dialogen des Lehrbuchs vorgelesen: Sowjetische Studenten beschweren sich über das Essen an sowjetischen Universitäten, spielen Karten, kaufen Jazzplatten am Schwarzmarkt, hören *Radio Free Europe*. Warum sollte, habe der Professor daraufhin in den Raum geworfen, nicht auch den sowjetischen Studenten zugestanden werden, junge unzufriedene Menschen zu sein? Alle hätten gelacht. Aus Freundlichkeit, meinte Jane. Sie habe nicht gelacht, mit dieser Überheblichkeit nichts anfangen können.

Sie strebte ein Doktorratsstudium an, doch das Geld reichte nicht. Sie hatte sich für Stipendien beworben, die ihr trotz ihres ausgezeichneten Abschlusses nicht gewährt wurden, und der Autoteilehersteller hatte sich mit einer zweiten Fabrik finanziell übernommen. Eine Stelle als Lektorin an einer

New Yorker Universität stellte sich als Reinfall heraus. Als sie ankam, musste sie erfahren, dass die Stelle schon besetzt war, es einen Fehler im Sekretariat gegeben hatte. Das hat sie mir nie erzählt. Ich habe es von ihrer Mutter erfahren. In New York hatte sie ein Hotelzimmer für drei Wochen im Voraus bezahlt, um sich in Ruhe nach einem Apartment umzusehen. Sie fand eines und eine Stelle als Dolmetscherin für Russisch-Englisch im Übersetzungsdienst der UN.

Ich lernte sie durch Zufall kennen. Weil der Russisch-Deutsche Dolmetscher eine unangenehm nasale Stimme hatte, wechselte ich oft auf Russisch-Englisch. Janes Stimme war im Vergleich eine Wohltat. Angenehmes Tempo. Rauchig, aber nicht rau. Deutliche Diktion ohne hart zu klingen. Auch im geschriebenen Wort war und ist sie deutlich, klar. In offiziellen Dokumenten ebenso wie in den Liebesbriefen, in die sie manchmal eigene Übersetzungen einfließen ließ. In einem der ersten ein Gedicht Anna Achmatowas: »You should have come ten years ago, / And yet in welcome I surrender.« Ich habe die Verse ins Tagebuch übertragen. Den Brief finde ich nicht. War er überhaupt von ihr oder von John?

Wir heirateten im Sommer 1970. In ein paar Jahren hätten wir goldene Hochzeit feiern können. Letztes Jahr, nicht zu unserem Hochzeitstag, hat Jane mir ein paar USB-Sticks mit digitalisierten Fotos unserer gemeinsamen Zeit geschickt. Ich war überwältigt von der Bilderflut und von der Akribie, mit der sie die Fotos geordnet hat. Einigen Dateinamen hat sie Titel eingeschrieben, durch die ich meist schon vor dem Doppelklick wusste, was ich sehen würde. »083_72_mar_home-coming_sorta« zeigt uns auf der Veranda ihres Elternhauses, mein Kopf an ihre Schulter gelehnt, schlafend. »016_76_jan_the_prodigal« zeigt uns auf den Fetzen einer von Paul zerissenen Zeitung sitzend und ihm den Blick in Richtung Linse der Kamera weisend, deren Selbstauslöser das etwas schiefe

Bild gemacht hat. »257_80_dec_something_cool« zeigt uns im Garten des Landhauses, wo Atemwolken unsere Münder, aber nicht das Lächeln verhüllen, das uns ins Gesicht geschrieben ist. Ich hoffe, unsere Ehe war für sie nicht nur auf diesen Fotos glücklich. Wenn ich die Bilder jetzt sehe, denke ich oft, dass es nur Einbildung gewesen sein könnte. Dann wünsche ich mir den früheren, ersten Eindruck zurück und dass ich den Zweifel nie empfunden hätte.

Als Paul zur Welt kam, hörte Jane in der UN auf. Der Beschäftigung mit den slawischen Sprachen blieb sie treu. So hatte sie während des Studiums begonnen, Literatur zu übersetzen, war darüber in Kontakt mit Kommilitonen geblieben, die Janes Übersetzungen und Artikel in die Zeitschriften ihrer Institute aufnahmen. Als Paul in die Vorschule kam, hat sie diese Kontakte genutzt und einige Kurse in einer öffentlichen Universität unterrichten können. Auf eine Dissertation folgte doch noch eine akademische Karriere. Heute ist sie an einem kleinen College in der Nähe Pittsburghs. Eine frühere Studentin ist Professorin dort und hat ihr eine Schreibresidenz verschafft. Es tue ihr gut, zu Hause zu sein.

Nach dem Tod ihrer Großmutter Anfang der 1980er beschäftigte sie sich wieder verstärkt mit dem Serbischen. Zum ersten Mal besuchte sie ihre Verwandten in Jugoslawien, Cousins und Cousinen höherer Grade. Nach Titos Tod habe eine Aufbruchstimmung geherrscht, die in der schwachen Wirtschaft aber schnell erloschen sei. Ein Cousin habe Blechverkleidungen hergestellt. Zwei Jahre vor Janes Besuch habe er seine Fabrik zusperren müssen.

Ihre Politisierung übersah ich lange. In Genf erlebten wir den Anfang, in Brüssel den Großteil, in Rom die neue Eskalation im Kosovo, in Wien das Ende der Jugoslawienkriege, nahmen wahr, was in den Zeitungen geschrieben, im Radio gesagt, im Fernsehen gezeigt wurde. Als Missionschef und Botschafter wusste ich oft mehr als das, was von den und über die diplomatischen Kanäle an die Öffentlichkeit drang, konnte selbst aber wenig ausrichten. Ich fühlte mich machtlos, wollte mehr tun, als an *Ärzte ohne Grenzen* und *Nachbar in Not* zu spenden. Jane auch, dachte ich. Was wir lasen, sahen, hörten, unterschied sich aber. Sie hatte eigene Quellen, wahrere, wie sie meinte. Sie warf mir vor, die serbische Sicht nur aus Zitaten in den befangenen Beiträgen von Kriegsberichterstattern oder in der verfälschten Übersetzung Holbrookes zu kennen. So oft es ging, telefonierte sie mit ihren Verwandten in Serbien und bezog serbische Zeitungen und Zeitschriften über Universitätsbibliotheken. Ich erinnere mich an einen Stapel der Zeitschrift *НИН* auf ihrem Schreibtisch in Genf. Sie blieben mir unverständlich, die Zeitschrift und Jane, wie die Divergenz meiner Erinnerung und meiner Tagebücher mir jetzt unverständlich ist. Ich erinnere mich an die Freude über meinen Enkel David, schöne Urlaube wie jene auf den maltesischen Inseln, kann aber wenig darüber lesen.

Bei den Dayton-Verhandlungen, schreibt Holbrooke in *To End a War*, seien Dolmetscher für sechs Sprachen zur Auswahl gestanden: Englisch, Französisch und Russisch sowie Bosnisch, Kroatisch und Serbisch. Die Sprache, die einst geholfen hat, Jugoslawien zu vereinen, habe nun nationalistischen Politikern dazu gedient, die Völker auseinanderzutreiben.

Im Sommer 2007 wünschte Jane, ich würde sie nach Serbien begleiten. Warum ich ablehnte, bleibt im Tagebuch unerwähnt. »Jane: Serbien?« steht da. Bloß ein »Nein« beantwortet es. Inzwischen ist sie laut ihrem letzten Mail wieder dort gewesen. Es sei schön gewesen, verändert. Worin diese Veränderungen bestanden, ließ sie ungenannt. Über Politik spreche ich nicht mehr mit ihr, weil Worte wie »schön« oder »verändert« von unserer Vergangenheit gefärbt sind. Die

Färbung würde mein Urteil beeinflussen, nicht jedoch verfälschen, fürchte ich.

Ich will versuchen, die abgesagte Reise im Geist nachzuholen. Wiedergutmachen kann das nichts, aber zum Morgen ist es noch weit und der Schlaf ist mir entkommen.

Es ist April. Wir haben uns für den Zug entschieden. Wir wollen uns Zeit nehmen, sie uns nicht wegnehmen lassen, wer weiß, wie lange uns noch bleibt. Die Reise beginnt am Wiener Hauptbahnhof. Wir essen zu Abend. In unserem Schlafabteil übersetzt Jane mir Gedichte aus dem Königreich Serbien. Jovan Dučić schreibt, »Das Dach der Welt ist eine Weide am Meer: / Mit langen Fächern geflochtnem Blättergrüns, / Gleicht sie einer Nymphe, einst dazu verdammt, / Ein wehmütig raschelnder Baum zu werden.« Ein Bild, das Charles Simic aufzugreifen scheint, wie Jane meint: »Wehmütige Weiden, Bäume so ruhig, / Sie scheinen sich vor sich selbst zu fürchten.«

Die Abfahrt aus Ljubljana weckt uns auf. Wir haben gut geschlafen. Jane ist aufgeregt, findet, der Zug fährt zu langsam. Den Großteil der restlichen Reise verbringen wir in unserem Abteil. Schauen aus dem Fenster. Sie will mir alles erklären, was draußen vorbeizieht. Die Landschaft ist schön. Die Fahrt ist ruhig, geht schneller voran, bemerkt Jane erfreut. Felder sind zu sehen, Bäume, aber keine Weiden. »Von Šid ist es nicht mehr weit«, sagt Jane.

Mich wundert, dass die Bahnhöfe in lateinischer Schrift beschildert sind. Die Masten für die Oberleitungen gefallen mir besser als in Kroatien. Waren sie dort sehr schmucklos, sind sie hier filigran verstrebt und passen farblich besser in die Landschaft. Da erscheint Belgrad als Glimmen abertausender Lichter in der halbdunklen Fläche des Horizonts. Es sieht vielversprechend aus. Jane greift meine Hand. Fest. Wir fahren im Belgrader Hauptbahnhof ein. Das Glimmen wird intensiver. War es in der Luft gelblich, wird es am Bahnsteig grünlich. Vor dem Aussteigen sehe ich Risse im Beton der Plattform. Jane steigt aus. Ich bleibe im Zug, gebe auf, muss diese vorgestellte Reise unbeendet lassen.

Als Vorlage für die Vorstellung hatte mir das YouTube-Video einer Bahnfahrt in Echtzeit gedient, das gerade endet. Eigentlich habe ich nach Folgen von *Die schönsten Bahnstrecken Deutschlands* gesucht. Als die Sendung noch im Fernsehen gelaufen war, hatte sie mir oft geholfen einzuschlafen. Die Qualität der auf YouTube verfügbaren Folgen ist aber zu schlecht. Ich klickte mich durch die Empfehlungen und sah, dass einige Zugbegeisterte Videos produzierten, die den Folgen der abgesetzten Sendung ähnelten. Von deutschen Bahnstrecken sprang ich auf österreichische und landete schließlich bei einer Fahrt von Šid nach Belgrad. Dieses Video ließ ich laufen und mich von den Windungen des Gleises hypnotisieren. In diesem Zustand fand ich nicht den Schlaf, doch formte sich die Idee, die abgesagte Reise nachzuholen. Das Gedicht Dučićs habe ich aus einem Buch, das Jane hier in Wien vergessen hat. Mit anderen liegt es in einer Box auf meinem Schreibtisch, auf ihr bereits eine Schicht aus Staub, der aufwirbelte, als ich den Deckel anhob, mich husten ließ. Ich sollte sie ihr endlich schicken. Ein Zettel in Dučićs Buch markiert das Gedicht *Морска врба*. Auf dem Zettel hat Jane es ins Deutsche übersetzt: »Eine Weide am Meer«. »Waldheim bei Titos Begräbnis« steht darunter. Sind auf Bildern des Begräbnisses Weiden zu sehen? Was haben Weiden mit Serbien zu tun? Und warum hat Jane das Gedicht ins Deutsche übersetzt, eine Sprache, die sie natürlich auch spielend leicht erlernt hatte, der sie sich aber nicht besonders verbunden fühlt? Um mir verständlich zu machen, was sie meinte? Simics Band *A Wedding in Hell* lag unter Dučićs Buch. Das Gedicht *Romantic Landscape* ist markiert. In den »Melancholic meadows« wollte ich eine Verbindung zu Dučić erkennen, über sie mit Jane. Ich glaubte sie verstanden zu haben, übersetzte die zwei Zeilen. Jetzt merke ich, die Übersetzung ist falsch. Meadows sind Weiden, Futterwiesen für Vieh, nicht die Bäume, willows. Ich habe sie nicht verstanden.

Drei Uhr nachts. Ich habe den Schlaf eingeholt. Er ist müde. Die Erinnerungen zerplatzen, hinterlassen für einen Moment kreisförmige Umrisse in mir. Ich falle durch sie in Schwärze.

Wo wallen herkommt, und Wall – 2011

»Huey on the way!« Schüsse, Explosionen und Schreie folgten dem Ausruf. Aus dem Wohnzimmer drangen sie zu mir in die Bibliothek, lenkten mich vom Veranstaltungskalender einer Zeitung ab.

Mein Enkel war zu Besuch, weil Paul mich besuchte. David war gewachsen, seine Stirn reichte bis zu meinen Kehlkopf. Seine Mutter Anna, mit der er in Deutschland lebte, mochte mich weniger leiden als Paul. Seit meiner Trennung von Jane zeigte sie ihre Antipathie offener. Wie hatte Paul es geschafft, sie überzeugt, mit nach Wien zu kommen? Egal wie, ich war froh, meinen Enkel wiederzusehen, wenn er auch die meiste Zeit vor dem Fernseher saß und mit seiner PlayStation spielte, die er aus Deutschland mitgebracht hatte. Leider sei mein Internet zu langsam, hatte er sich bei Anna beschwert, so laut, dass ich es hören konnte. Er müsse gegen die Bots spielen, das sei langweilig. Bei der Begrüßung hatte er mir noch brav die Hand gegeben. Anna hatte es ihm vermutlich eingetrichtert. Ein aufgezwungener Respekt, der nicht lange gehalten hatte.

Die Wohnung war groß, doch schien sie in Anwesenheit meiner Gäste deutlich enger geworden zu sein. Es raubte mir den Atem, und ich wusste nicht, ob es nicht besser wäre, wenn die bisher nur spürbare Spannung sich endlich hör- und sichtbar entladen würde. Wir alle litten darunter, hatten es aber immerhin bis zum dritten Tag des Besuchs ausgehalten.

Anna und Paul aßen mit gemeinsamen Freunden zu Mittag. Meine Haushälterin hatte für David und mich gekocht.

Zu Tisch hatte er vom Teller aus dem Fenster geschaut, als ich fragte, ob er nachher etwas unternehmen, Wien sehen wolle. Es sei ihm zu heiß draußen, sagte er schließlich, stocherte eine Weile im Püree und sagte, er gehe ins Wohnzimmer.

Ich wusste nicht, was David fühlte. Paul war entweder leichter zu lesen gewesen oder ich hatte es mit der Zeit gelernt. Davids Respekt und Höflichkeit, das wusste ich nun, waren nur Oberfläche. Lag Wut darunter? Ich glaubte, ihn verstehen zu müssen, weil er mein Enkel war.

David holte sich was zu trinken. Paul hatte mir eine Woche vor ihrer Ankunft eine Liste mit Davids Lieblingsessen und -getränken gegeben. Drei Viertel waren noch richtig. Almdudler und Kohlsprossen mochte er nicht mehr.

»Opa«, rief er aus der Küche, »hast du Eiswürfel?«

»Nein, aber wir können welche machen.« Meinen Gin trank ich gerne mit Eiswürfeln. Gerade jetzt im Sommer. »Ich kann den Kühlschrank den Eimer füllen lassen.« Er zögerte und sagte schließlich ja. Ich erkannte Interesse in seinem Blick, als der Kühlschrank zu arbeiten begann.

Kürzlich hatte ich meine alten Trinkutensilien durch neue ersetzt. Sie waren mir peinlich vorgekommen, altbacken. Der einzige Fehlkauf war der Eiskübel. Er war massiv gearbeitet und hatte keinen Henkel. Vollgefüllt konnte ich ihn kaum heben. David bemerkte es, half mir. Ich bedankte mich, war ihm nicht nur dankbar für seine Hilfe, sondern auch, weil er nicht gefragt hatte, ob ich Hilfe brauchte. Er nahm den Eimer und ich zwei Untersetzer und zwei Gläser mit ins Wohnzimmer. Von der Bar holte ich die Eiswürfelzange und befüllte beide Gläser. David holte eine Literflasche Cola aus der Küche. Wir schenkten gleichzeitig ein. Ich setzte mich mit der Zeitung in einen der bequemen Fauteuils. Zum Lesen kam ich aber nicht. Es fühlte sich ungewohnt an im Wohnzimmer, und die ständige Bewegung im Fernseher lenkte ab. Gerade füllte sich dort langsam ein Balken unter einem computergenerierten Bild einer dicht bebauten Stadt, über der Team Deathmatch und Kowloon stand.

»Kowloon«, fragte ich David, »die ummauerte Stadt in Hongkong?« Er bejahte, und ich staunte über die Schnelligkeit, mit der er durch dieses eingestampfte Stück Geschichte hetzte.

In der Bibliothek holte ich ein großformatiges, aber schmales Buch aus einem Schrank. Die Arbeit japanischer Architekten, Ingenieure und Stadtplaner, die Monate vor dem Abriss die Walled City im Rahmen einer Expedition genau vermessen und skizziert hatten.

Ich hatte einige der Architekten aus dem Team in Rom kennengelernt. Sie hatten bei einer Tagung zum Thema optimierte Raumgestaltung in dichten Innenstädten gesprochen. Von ihrem Buch über Kowloon hatten sie einige Exemplare als Geschenk mitgenommen.

Am großen Wohnzimmertisch schlug ich das Buch auf und war wie beim ersten Ansehen gefesselt. Auch Paul hatte sich verloren in diesen Wimmelbildern. In den Weihnachtsferien im Jahr des Vortrags war er zu Besuch gewesen und sah das aufgeschlagene Buch in meinem Büro. Nicht im Stil, aber im Inhalt waren sie ihm mit denen Pieter Bruegels verwandt erschienen. Sein Kunststudium gab er im folgenden Semester auf. Drei Jahre später wurde ich Großvater.

Kowloon war der dicht besiedeltste Ort aller Zeiten. Für mich blieben sein Name und die Idee, die ich mir von ihm machte, verlockend. Shanghai musste auf die Vorstellungen früherer, das heißt älterer Europäer ähnlich gewirkt haben. Exotisch, verrucht, gefährlich und begehrenswert anonym.

Ich überblätterte den Text, kam gleich zu den Bildern. Manche ließen sich ausklappen und boten somit einen noch und je nach Betrachter entweder beeindruckenderen oder bedrückenderen Anblick. Hunderte Menschen, orangerot eingefärbt, tummelten sich auf jedem Querschnitt in den engen Räumen, schmalen Straßen und auf den dicht mit Antennen bewaldeten Dächern. Sie aßen, arbeiteten, liebten, lasen, schliefen, tanzten, spielten, stritten, kämpften, töteten, prostituierten und berauschten sich, waren vor Polizei und Steuern geflüchtet. Manche sahen einfach nur in den Himmel, der vielleicht so verlockend auf sie wirkte, wie es ihre anonymisierte Existenz für mich war.

Ich blätterte zu den nächsten Bildern und bemerkte zwischen zwei Seiten Text einige gefaltete dünne Blätter. Nadeldruck auf Endlospapier. Es war eine kurze Zusammenfassung der Geschichte der ummauerten Stadt. Einer meiner Sekretäre in der Botschaft musste sie auf meine Bitte hin getippt haben.

Die Gesetzlosigkeit oder Freiheit Kowloons war eine direkte Folge des Pachtvertrages zwischen China und Großbritannien über die neuen Territorien. Die Chinesen stimmten dem Vertrag unter der Voraussetzung zu, die Kontrolle über die ummauerte Stadt nicht aufgeben zu müssen. Vor allem ausländische Geschäftsleute sahen eine Gefahr in diesem Zugeständnis, weil sie eine Störung des freien Handels in Hongkong fürchteten. Die Lage eskalierte und bereits ein Jahr nach Vertragsunterzeichnung griffen die Briten Kowloon City an. Doch die Chinesen weigerten sich, die Zuständigkeit an die Briten abzutreten. In dieser Pattstellung entzog Kowloon sich sowohl den britischen wie den chinesischen Gesetzen.

David hatte sein Glas Cola ausgetrunken. Die Eiswürfel knackten. Er kam zum Tisch, um sich nachzuschenken und sah das Buch.

»Was liest du? Ist das Japanisch? Kann ich mal sehen? Kannst du Japanisch, Opa?«

»Ein Buch über dein Spiel«, beantwortete ich die erste Frage und fragte meinerseits, woher er wisse, dass das Japanisch sei. »Aus einem Spiel.«

Ich freute mich über sein Interesse, blätterte wieder zu den ersten Bildseiten und las die zusammengefasste Geschichte der Stadt in der Stadt vom dünnen Papier aus der römischen Botschaft. Es war vergilbt. Ich hatte Mühe, die verblasste Schrift darauf zu erkennen. Die Geschichte klang in den Worten des unbekannten Sekretärs trocken und ließ viele von Davids Fragen unbeantwortet. Wie es etwa gewesen sei, dort zur Schule zu gehen.

»Wir könnten«, schlug ich vor, »im Internet suchen.« Dazu ist es schnell genug, dachte ich. Auf der Seite des Fotografen Greg Girard fanden wir eine Gallerie mit Bildern aus den 1980ern und frühen 1990ern. Kinder, die auf Dächern zwischen Fernsehantennen spielen, Kinder, die in Nudelfabriken ihren Eltern helfen, ein Postbote, der in einer Gasse geht, die kaum breiter ist als er, ein alter Mann, der in einem Weidenstuhl sitzt und an seinem Radio dreht, der ganze Komplex bei Nacht aus dem Südwesten betrachtet, in einem leeren Umland.

Die Wohnungstür wurde aufgesperrt. Anna und Paul. David löste, widerwillig schien mir, seinen Blick vom letzten Bild, sah mich kurz an und ging zu seinem pausierten Spiel. Seine Eltern grüßte er einsilbig, ihnen den Rücken zugekehrt. Sie hatten gerötete Gesichter. Sie hätten, sagte Paul, in einem Gastgarten ohne gescheiten Sonnenschutz gegessen, doch ich stellte mir vor, die Röte käme vom Zusammensein mit ihren Freunden, der Freude über das Wiedersehen, dem hitzigen Streit um die Gunst der Freunde. Und vom Wein.

Ich trug das Buch in die Bibliothek. Pauls Blick streifte das einprägsame Cover. Kein Interesse, kein Erinnern. Ich stellte das Buch in ein Regal. Es war zu schade für den Kasten. Alle waren noch im Wohnzimmer, hatten der bedrückenden

Stimmung nicht entfliehen können, schwiegen. David spielte sein Spiel, Anna las in ihrem Handy, Paul ließ Eiswürfel in ein Glas Wasser fallen. Schüsse übertönten das Glucksen. Ruf der Pflicht. Gerne hätte ich etwas gesagt, schwieg aber mit ihnen.

Ich erinnerte mich an Weihnachten vor acht Jahren. Anna hatte sich von Paul getrennt. Wir waren in der Küche gesessen. Jane, Paul und ich. Meine Augen waren feucht, ich konnte nichts sagen. Schlechte und schöne Erinnerungen waren an die Oberfläche gespült worden. Meine Schuld. Das Gefühl, Jane würde bald eine ähnliche Entscheidung treffen.

Die Bilder – das Wohnzimmer, die Küche – legten sich übereinander und über jene Girards. Die meisten Menschen auf den Fotografien aus Kowloon, die er auf seiner Seite präsentierte, hatten ihre Münder geschlossen. Die Enge ihrer Wohnorte presste ihre Lippen aufeinander, zwang sie zu schweigen, psychologisierte ich. Oder Girard hatte es so aussehen lassen.

Anna schaffte es, David vom Spiel zu lösen und ging mit ihm einkaufen. Er brauche schönere Shirts und Hosen für die Schule. In die alten würde er im Herbst nicht mehr passen. Paul ging in die Bibliothek, wollte schreiben.

Ich blieb im Wohnzimmer, schaltete den Fernseher ein, zappte durch die Programme. Nichts interessierte mich. Ich hatte beobachtet, wie David nach Kowloon gekommen war. Es gelang mir die Konsole einzuschalten, das Spiel zu starten, bewegen konnte ich mich aber nicht. Ich war in einem kleinen Raum gefangen, durch dessen Fenster ich die Dächer der ummauerten Stadt sehen konnte, das Dickicht aus Antennen, einen Sonnenuntergang. Da krachte es. Ich sah meinen Spieler. Ich wurde erschossen.

Gern wäre ich im echten Kowloon gewesen. Doch es war zu spät. Kowloon schwieg, konnte mich nicht mehr erhören.

Die gantze Tragoedi – 2014

»Die Berechnungen waren nicht ganz richtig. Er materialisiert sich einen halben Meter über dem Dachboden eines Hauses. Sein Fall lässt es stauben.« Paul holte Luft, trank. Die Geschwindigkeit, mit der er die Idee zu einer neuen Geschichte erzählte, zwang ihn dazu.

Als sein Name am Handydisplay aufgeschienen war, befürchtete ich, es wäre etwas geschehen. Durch die Zeitverschiebung war es bei ihm in Canberra vier Uhr nachts. Nein, nein, es gehe ihm gut. Vor einer Stunde sei er aber aus einem so klaren Traum aufgewacht, dass er nach etwas Recherche den Rohbau zu einer Geschichte zusammen habe.

Beim Vorlesen seiner Notizen war er an einigen Stellen durcheinandergekommen, oder er war es schon bei ihrer schlaftrunkenen Notation gewesen. Ich konnte ihm kaum folgen, dachte an seine Alkoholkrankheit, die er vor Jahren überwunden hatte.

Das Dritte Reich, so hatte Paul begonnen, war auf den Sonderbereich Mürwik, einen Bezirk Flensburgs, zusammengeschrumpft. Admiral Dönitz war Reichspräsident. An dieser Stelle wich Paul von der wahren Geschichte ab, ließ Dönitz rund zwei Monate vor Hiroshima und Nagasaki in Besitz dreier gefechtsbereiter Atomsprengköpfe kommen. Zum Beweis von deren Schlagkraft ordnete Dönitz die Explosion eines der Sprengköpfe, getragen von einer modifizierten V5, auf halber Strecke zu den Vereinigten Staaten über dem Atlantik an. Dönitz wusste, er würde die Alliierten damit nicht lange unter Druck setzen können. Sie sollten die beiden übrigen Sprengköpfe auf der Halsschlagader Europas ohnedies nur so lange fürchten, bis ein anderes Projekt Erfolg hatte. Dieses konnte sich theoretisch unendlich lange Zeit lassen, sollte es doch einem Zeitreisenden den Weg in die Vergangenheit öffnen. In Pauls Geschichte war das geglückt. Zeitgleich mit der Atlantikexplosion war ein Doppelgänger Hitlers zurück ins Berlin der elften Olympischen Sommerspiele geschickt worden, um den Echten zu töten, zu ersetzen, die Geschichte umzuschreiben.

So der krude Umriss der Handlung. Nach der Atem- und Trinkpause folgten die Details. Paul ging bei einer Zeitreise etwa davon aus, dass sich der Reisende in der Raumzeit konstant am selben Punkt befand, weshalb er nur zu bestimmten Zeitpunkten reisen konnte, da sich die Erde in der Raumzeit bewegte, nie anhielt. Ob das stimmte, wusste ich nicht. Paul war es anscheinend egal. Er wollte keine Science-Fiction-Geschichte, sondern darüber schreiben, wie der Doppelgänger sich in eine Frau verliebte, für sie, die Liebe, den Plan aufgab.

Nach seinem Fall wurde der Zeitreisende von Baulärm aus der Freude über die geglückte Reise gerissen. Ein Mann schlug die Klappe zum Dachboden auf, kam eine Leiter hoch und fragte, was der Lärm solle, was der Reisende hier mache. Dieser richtete sich auf, klopfte den Staub von seiner Kleidung ab und sagte, er sei vom Amt. Kontrolle. Vor seiner Reise hatte er sich akribisch auf alle Möglichkeiten und Unmöglichkeiten vorbereitet. Im neugierigen Mann erkannte er einen Bauarbeiter und nahm die Rolle einer Autoritätsperson an. Der Bauarbeiter schluckte die Lüge, ließ den Reisenden gehen. Der Mann aus der Zukunft trat aus dem Gebäude und damit wirklich in die Vergangenheit seiner Geburtsstadt. Er wollte sich anhand der Straßenschilder orientieren, sah auf der gegenüberliegenden Straßenseite keine, drehte sich zur Fassade um und erkannte, dass er die Olympischen Spiele in dieser Fernsehstube mitverfolgt hatte, die aber jetzt, wann immer das auch war, entweder noch nicht fertig war oder schon wieder abgebaut wurde. Verwundert sah er durch die rohen Löcher ohne Tür- und Fensterrahmen den Bauarbeitern zu, die Tapeten von den Wänden rissen, Schutt wegschaufelten und -karrten. Alle Berliner Fernsehstuben hätten am geplanten Tag der Ankunft fertig sein sollen. Er war ein Jahr zu früh angekommen, stellte er anhand einer Zeitung fest. Die Erfinder der Zeitmaschine mussten sich verkalkuliert haben. Wie war das möglich?

Das fragte sich der Reisende, das fragte mich Paul. Ich wusste keine Antwort, verstand die Physik, die diesem Universum zugrunde lag, nicht. Auch kam mir die Idee geschmacklos vor. Alternativweltgeschichten verleugnen die Macht des Zufalls, und Zeitreisegeschichten legen zu viel Vertrauen in die moralische Kraft, die Standfestigkeit der Menschen.

Unser Schweigen, das von Pauls Seite vom Klacken seiner Tastatur untermalt wurde, endete mit seiner Frage, ob ich mich an jene Olympischen Spiele erinnern konnte. Vage. Ich war sieben gewesen, ein ganzes Leben lag über den Erinnerungen.

»Hm«, sagte er, »ich schreib einfach von einem so großen Andrang auf die Fernsehstuben, dass leerstehende Häuser schnell zu Stuben umfunktioniert werden mussten. Dann kann der Zeitreisende rechtzeitig ankommen. Nein, das ist zu umständlich. Die Fernsehstube muss der Ankunftsort sein. Es soll auch um die Geburt eines Massenmediums gehen. Auf YouTube hab ich Ausschnitte des Nazi-Senders gesucht und eine alte Doku von *Spiegel TV* gefunden. Darin heißt es, das Bundesfilmarchiv in Berlin habe hunderte Rollen Originalmaterial. Auf der Seite des Archivs bekomme ich aber nur drei Rollen, eine Videokassette und eine MP4-Datei angezeigt. Die Übertragungen von den Spielen fehlen. Ich muss wohl ins Archiv, wenn ich sie sehen will.«

»Wenn du kommst, könntest du mich gleich besuchen. Sag mal«, fiel mir ein, »hat dein Zeitreisender eigentlich einen

Bart? Würde man ihn nicht sofort als Doppelgänger erkennen, oder wenn er wirklich so gut ist, für echt halten?«

»Hm«, machte Paul, »daran hab ich noch gar nicht gedacht. Lass mich überlegen.«

Pauls Tastatur klackte unregelmäßig. Er schrieb, überlegte, schrieb. Ich ging zum Schreibtisch, klappte den Laptop auf. Pauls Hinweis auf die Dokumentation hatte mich neugierig gemacht. Ich legte das Handy auf den Tisch, aktivierte die Freisprechfunktion. Das Klacken von Pauls Tastatur mischte sich mit dem leiseren Klacken meiner Laptoptastatur. Eine verpixelte, stummgeschaltete, ungefähr achtzig Jahre alte Fernsehaufnahme flimmerte am spiegelnden Laptopbildschirm auf. Sie war jünger als ich. Ein Reichsadler, darunter *Deutscher Fernseh-Rundfunk*, eine junge Frau. Sie sagte etwas. Ich startete das Video neu, drehte den Ton auf, ging nah an den rechten Lautsprecher.

»Achtung! Achtung! Fernsehsender Paul Nipkow! Wir begrüßen alle Volksgenossen und Volksgenossinnen …«

»Ich habs«, drang es krachend aus dem Handy, »der Zeitreisende kommt früher, weil er sich in der Vergangenheit den Bart erst wachsen lassen muss!«

»Gute Idee«, sagte ich, abgelenkt vom nächsten Ausschnitt. Eine Frau und ein Mann waren bei einer Art Yogaübung zu sehen.

»Ja«, sagte Paul, »ich habs notiert, morgen werd ichs ausformulieren. Danke fürs Zuhören, Papa. Ich geh gleich wieder ins Bett. Wobei, einschlafen werd ich eh nicht können. Also, machs gut.«

Gleichzeitig mit meinem »Tschüss« legte er auf. Es war Viertel vor sieben. Draußen dunkelte es. Ein Gewitter kündigte sich an. Pauls Anruf hatte meine Müdigkeit vertrieben, ich wollte sie einholen.

Ich schloss den Browser, den Laptop, ging zu einem der

Regale, wählte eine Ausgabe antiker Dramen in vier Bänden. Jahrzehntelang hatte sich diese Bibliothek gegen meine Versuche einer Ordnung gewehrt. Jetzt wollte ich mich nicht mehr gegen ihre Unordnung wehren. War das ein Fehler? Ich merkte bereits, wie sie auf die anderen Räume übergriff, ich verlor Dinge und fand sie an Orten wieder, an denen ich sie bestimmt nicht gelassen hatte. Griff die Unordnung schon auf mich über?

Der Band, den ich herauszog, war eine frühneuzeitliche Übersetzung von Sophokles' *Ajax*. Perfekte Einschlaflektüre. Erstmals gesammelt herausgegeben um die Wende zum 20. Jahrhundert, in den 1960ern neu aufgelegt von einem privaten Buchclub. Ich wusste nicht, wie ich in ihren Besitz gekommen war.

Es war ein beliebtes Gedankenspiel, zu überlegen, ob man die Vergangenheit verändern würde, um die Zukunft zu verbessern, könnte man in der Zeit zurückreisen. Das alte Deutsch ließ mich schon im Personenverzeichnis stolpern. Was hätte ich verändert, welche meiner Entscheidungen würden andere verändern wollen? Immerhin hatten nie Parteibücher in den Bibliotheken meiner Familie gestanden. Lächerlicher Stolz. Sophokles' erhaltene Stücke hatten die Zeitläufte überstanden, weil sie in dionysischen Dichterwettstreiten die vorderen Ränge erreicht hatten. Es muss einen Grund geben, warum Doppelgänger ein so beliebtes Motiv sind.

Ich scheiterte im Versuch, die disparaten Gedankengänge zusammenzuführen, wollte mich aufs Lesen konzentrieren.

»Summarischer Inhalt der gantzen Tragoedi.«

Das würde ich bei einer Zeitreise machen. Eine genaue Chronik der ganzen Tragödie anfertigen. Alle Details erfassen, mochten sie mir auch noch so unwichtig erscheinen, um später, hätte ich sie ganz zusammen, herauszufinden, wer verantwortlich war.

Es wäre schwierig. Ich würde überall zugleich sein müssen, um alle der uns in der Gegenwart als beteiligt bekannten Personen bei jedem ihrer Schritte begleiten zu können. Ich müsste daher mit einer Gruppe, einer zahlenstarken Gruppe, in die Vergangenheit reisen. Wir müssten unsichtbar für unsere Zielpersonen sein, ihre Schatten werden. Nicht ihre Gewissen. Um die Lücken im Verstehen der Tragödie wirklich zu schließen, müssten wir mit ihnen, ihren Fehlern zum zweiten Mal alt werden. Vor unserer Zeit stürben wir dann mit dem Wissen, wie es weitergehen würde.

Was wäre aber, wenn wir uns dazu entschieden, nicht mehr nur zu beobachten, sondern den Menschen glaubhaft machten, wir wüssten, was passieren würde? Würden sie diese zweite Chance ergreifen? Dürften wir sie ihnen überhaupt geben?

Ich sah mich in der Bibliothek um. Die Bücher kehrten mir allesamt den Rücken zu. In wie vielen von ihnen wurde Hobbes' »bellum omnium contra omnes« zitiert, dass der Mensch sich also im Krieg mit allen anderen Menschen befinde? Öfter als Rousseaus Gegenüberstellung der positiven Selbstliebe und der negativen Eigenliebe?

Bei Hobbes war der Mensch von Natur aus in seinem Krieg gegen die anderen Menschen, bei Rousseau entstand aus dem Zusammenleben der Menschen in Gesellschaft die niemals zu befriedigende Eigenliebe, da der Mensch sich mit anderen Menschen vergleichen und unmöglich akzeptieren würde, dass die anderen ihn nicht sich selbst vorzögen. Wem von ihnen glaubte ich? Wenn ich sie denn richtig verstanden hatte. Oder glaubte ich keinem? In meiner Dissertation, deren Rücken ich nicht sehen konnte, weil sie in einem Schrank lag, hatte ich beide zitiert. Das wusste ich, aber nicht mehr, was ich damals mit ihren Begriffen gemacht hatte.

Jetzt, auf der Suche nach ihren Namen auf den Buchrücken, wollte ich nicht glauben, dass der Mensch in Gemeinschaft zwingend böse werden musste oder gar von Natur aus böse war. Doch mein Blick streifte zu viele Geschichtsbücher, was mich wieder zu dieser Annahme zwang und dazu, mir ein tragisches Ende auszumalen, würden meine Zeitreisenden und ich die Geschichte verändern wollen. An der Zeit, die ich als Leiste, als Linie begriff, würden wir uns in die Vergangenheit hangeln. Die Linie würde sich dort aber zum Kreis schließen. Jene Menschen, die vor dem Antritt der Reise unsere Ahnen waren und nun unsere Zeitgenossen wären, würden wie der Doppelgänger in Pauls Geschichte mit den Informationen aus unserer Zukunft die Geschichte zu ihren Gunsten umschreiben, weil sie böse wären.

Ich starrte auf das aufgeschlagene Buch in meinen Händen. Die gantze Tragoedi. »Paris und sein Bruder Deiphobus / Wolln deß Hectors todt rachen«.

Ich schloss das Buch, legte es neben den Laptop. Auf der anderen Seite lagen meine gesammelten, gestapelten Tagebücher. Ihre unterschiedlichen Hersteller, der Grad ihrer Vergilbung ließen eine grobe Chronologie erahnen. Ich hatte mich noch nicht getraut, sie zu öffnen. Meine Geschichte.

Alle Einträge, wie schon der gestrige und so würde es sich auch im heutigen wiederholen, begannen mit dem Wetter. Was folgte, hatte ich in den meisten Fällen vergessen.

Was dachte mein jüngeres Ich? Würde ich es als meinen Doppelgänger erkennen? Ich könnte nichts am Geschriebenen ändern.

Aufbruch – 2015

»when pain is over, the remembrance of it often becomes a pleasure«, las ich gestern bei Jane Austen. Heute Morgen fand ich einen ähnlichen Gedanken bei Apollinaire. »La joie venait toujours après la peine.«

Ich habe zu viel Zeit zum Lesen, zu wenig, um alles Verpasste nachzuholen. Im Erinnern bleibt Verpasstes verpasst. Im Schreiben offenbaren sich diese Lücken. Die Sätze werden kürzer.

Beinahe habe ich Austen und Apollinaire geglaubt. Schmerz wird aber nicht zwingend Freude. Die Tode meiner Eltern waren solche Ausnahmen, bei denen nicht das Eine auf das Andere folgte. Ja, ich danke ihnen für das Leben, das sie mir ermöglicht haben, ihre stille Freundlichkeit, die Geborgenheit, die ich spürte, wenn wir zusammen waren. Sie starben kurz hintereinander. Ich hatte es erlebt, gefühlt, kann mich aber nur daran erinnern, an die Gewissheit, es erlebt, gefühlt zu haben. Anderes ist dagegen überdeutlich. Unwichtige Details eigentlich.

Einen Tag nachdem mein Vater aufgrund eines schweren Herzinfarkts in eine Wiener Privatklinik eingeliefert worden war, saßen Jane, Paul und ich im Flughafen LaGuardia fest. Die Stimme meiner Mutter war mir gleich sonderbar vorgekommen. Angesprungenes Glas. Die kleinste Erschütterung würde es brechen lassen. Mein »Hallo, wie gehts« war genug. Ich zog unseren Umzug nach Europa vor, nahm mir unbezahlten Urlaub zum bezahlten hinzu. Der ständige Vertreter zeigte Verständnis, wünschte mir alles Gute. Meine Abschiedsfeier fiel aus. Einige Kollegen halfen mir packen und

mit dem Formellen. Einer, der seine Mutter im Sommer verloren hatte, wich meinem Blick aus, ich seinem.

Jane hatte Pauls Schulwechsel organisiert. In ihrer Schilde-
rung, die sie mir zur Freude möglichst lustig erzählte, war es
ein Kampf gewesen. Die Wiener Schule hatte keinen Platz für
unseren Sohn. Nicht mit ihr, sagte Jane und führte ihre Tele-
fongespräche mit dem Direktor als eine Art Theaterstück vor.

Warum wir in LaGuardia festgesessen waren, hatte ich
nicht notiert. Wind oder Eis? Von der Fluglinie hing ab, ob es
wirklich LaGuardia war. Die meisten zivilen Flüge von und
nach Europa gehen über Newark und JFK. LaGuardia ist
eher ein Frachtflughafen. Die Unsicherheit über den richti-
gen Flughafen kann die Erinnerung an eine Begegnung dort,
wo immer es auch gewesen sein mochte, aber nicht trüben.
So einprägsam war sie gewesen, dass ich wusste, ich würde
sie nicht im Tagebuch notieren müssen. Ich weiß nicht, wie
er hieß. Er war aus Québec, wollte dorthin. Sein buschi-
ger Schnurrbart war im Gegensatz zum geschorenen Kopf-
haar weiß. Seine runden Backen waren rot geädert. Wie das
Haupthaar stand das Rot im Kontrast zur blassen Stirn. Er
sei technischer Leiter eines Bergbauunternehmens. In New
York habe er für den Mutterkonzern vor den Großaktionären
gesprochen. Zwei neue Bergwerke hätten mehr gekostet als
geplant. Es sei keine Rechtfertigung gewesen. Mehr ein Sta-
tusbericht. Ihre Aktionäre wüssten, wie das Bergwerkgeschäft
laufe. Die Dividende sei ohnehin stabil geblieben.

Wir waren ins Gespräch gekommen, weil wir fast gleichzeitig dieselbe Biermarke bestellt hatten. Ich war erstaunt, dass es
hier Gösser gab, und noch erstaunter, als der Mann mit seiner
brummenden Stimme ebenfalls ein Gösser bestellte. Er sei in
der britischen Besatzungszone stationiert gewesen und dort
auf den Geschmack gekommen. Letztes Mal habe er seinen
Augen nicht trauen wollen, als er es hier im Flughafen angebo-

ten sah. »Noch dazu vom Fass!« Wir stießen an. »Prost«, sagte er. Es klang beinahe steirisch. Als Veteran habe er in Kanada einen Studienplatz an einer Montanuniversität erhalten und in Rekordzeit den Abschluss geschafft. Die Firmen hätten sich um ihn gerissen. Ich glaubte ihm, weil seine roten Wangen noch röter wurden und er seinen Kopf leicht senkte. Stolz und Bescheidenheit waren in seiner Stimme zu hören.

Beide waren wir relativ spät Väter geworden. Wir sprachen über die Unbeständigkeit der Zeit und darüber, wie wir sie nun umso schwankender, unsicherer wahrnahmen. Dabei hätten wir den furchtbarsten Krieg überlebt. Er bemerkte mein Zögern, über meine Eltern zu sprechen, erzählte von seiner Kindheit. »Ich wäre gerne in Kanada aufgewachsen«, sagte ich. »Der Goldrausch im Yukon, die Berge um Vancouver, diese unfassbare Größe. Grenzenlos, alle Möglichkeiten offen.«

»Ja«, sagte er, senkte den Kopf. Diesmal ohne dabei röter zu werden. Sein Sohn, erzählte er, setze sich für ein unabhängiges Québec, die Sezession der Provinz ein. Bei jedem Treffen gebe es bitteren Streit.

»Vielleicht«, mutmaßte er, »fühle ich mich mehr als Kanadier denn als québécois. Im Krieg trugen wir, egal, aus welcher Provinz wir kamen, ein CANADA-Abzeichen auf der Schulter. Vielleicht auch, weil ich die Krone verachte und wenn überhaupt eine vollständige Loslösung will. Ohne Bruch. Akzeptanz, ohne Groll.«

Ein Wunsch, der ihm ein paar Jahre nach unserem Treffen erfüllt worden war. Glaube ich. Ich will es nicht kontrollieren.

»Mir fehlt«, sagte er nach einem großen Schluck, »das richtige Vokabular, um gegen meinen Sohn anzukommen. Ich weiß, dass das, was ich für richtig halte, nicht stimmen muss, doch bin ich überzeugt, dass das, was mein Sohn für richtig hält, nicht stimmen kann. Ein Bauchgefühl, ja, aber es strahlt so sehr aus, dass es auch mein Herz und das Hirn erfasst.«

Jane und Paul kamen zu uns. Sie hatten eingekauft. Stifte und Malbücher, Zeitungen und Zeitschriften. Paul kletterte auf den Barhocker neben mir und bestellte zum Spaß ein Bier. Der Barmann verzog keine Miene, nahm ein Glas und schenkte Paul Schaum ein. Verdutzt sah mein Sohn den Schaum über den Glasrand treten. Da lachte der Barmann. Paul erkannte, er war in seinem Scherz überboten und lachte mit. Der Barmann leerte grinsend den Schaum weg und zwinkerte meinem Sohn zu.

Ich stellte dem Kanadier meine Familie vor. Als Gruppe unterhielten wir uns eine Weile, doch merkte Jane, dass der Kanadier gerne alleine mit mir sprechen würde, ich dieses Gespräch in diesem Moment brauchte, um mich von der Verzögerung abzulenken, und setzte sich mit Paul an einen der freien Tische des Food-Courts. Paul machte mit der an der Bar angefangenen Zeichnung weiter. Ein Porträt des Kanadiers?

»Ein nettes Kind. Hier geboren oder in Österreich?«

»Hier«, sagte ich und glaubte zu wissen, was er damit meinte. Wie würde Paul sich fühlen, als Amerikaner, Serbe, Franzose, Österreicher? Hinge die Nationalität allein von der Länge des Aufenthalts im jeweiligen Land ab, wäre er heute Australier. Das Umherziehen, das ihn früher so geärgert hatte, war ihm später sehr leichtgefallen und, denke ich, ein Bedürfnis geworden. Um herauszufinden, wo auf dieser Welt er hingehörte, dazugehörte. Australien misst rund zwei Millionen Quadratkilometer, hat rund zehn Millionen mehr Einwohner als Kanada. Immer noch sehr wenig im Flächenschnitt. Und die Landesgeschichten sind ähnlich kurz, leichter überschaubar. Aus europäischer Sicht, wie mein Enkel mich korrigieren würde.

Vielleicht hatte es Paul deshalb dorthin gezogen. Er würde seine eigene Geschichte schreiben können. Letztens hat er mir drei Bücher aus einer Reihe geschickt, die es sich zur Aufgabe macht, die Literaturgeschichte Australiens zu bewahren. Im Vorwort zu Elizabeth Harrowers *The Watch Tower* las ich, die Protagonistinnen lassen sich mit jenen in Jane Austens besten Romanen vergleichen. Ich hatte noch nie etwas von Austen gelesen und gleich mit *Persuasion* begonnen.

Kanada war von Anfang an ein Konflikt eingeschrieben. Auch in der Literatur. Die Übersetzerin Sheila Fischman, habe ich irgendwann, irgendwo gelesen, habe die franko- und anglophonen Literaten Québecs versöhnt, indem sie die Literatur der Frankophonen den Anglophonen unverfälscht vermittelte.

Ich wusste beim zufälligen Aufeinandertreffen mit dem Kanadier nicht wirklich viel über die Spannungen innerhalb seines Landes. Weder über die in Québec noch über die in der Literatur noch zwischen denen der Ersten Nationen und der Regierung. »I wondered why they didn't show things that really happened«, sagt der Protagonist, ein Okanagan, in Jeannette Armstrongs *Slash*. Dieses Buch hat mich später über einige dieser Konflikte aufgeklärt.

»Ein Krieg, ein internationaler Krieg wäre das Beste«, sagte der Mann aus Québec, ironisch. »Der könnte das Land, die Provinz, meine Familie einen. Nein«, entschuldigte er sich sofort, »einen Krieg will ich niemandem wünschen. Nicht mal im Scherz.« Ein Schluck. Der Bierschaum verschwand im Bart, verband sich mit ihm. »Dabei sind es gerade die Legionärssäle«, fügte er an, »die Kanada über seine ganze Fläche verbinden. Sogar in Flin Flon hat es einen gegeben.«

Ich wollte fragen, was das sei, wo es liege, doch wurde ich von einer Ansage unterbrochen, die sich mit einem Krachen der Lautsprecher ankündigte. Die gröbsten Probleme seien beseitigt. Der Normalbetrieb könne in höchstens fünf Stunden wieder aufgenommen werden. Dann ratterte die körperlose Stimme eine Reihe von An- und Abflügen und die entsprechenden Gates herunter. Québec war darunter. Wien fehlte in der Liste.

Der Kanadier stand auf, legte das Geld für unsere Biere auf die Schank. »Pfiat di«, sagte er und gab mir die Hand. Schnell war er im Strom der glücklichen Passagiere verschwunden. Der Tatendrang nach dem langen, öden Warten ließ den Strom reißend werden. Unterbrechungen wurden nicht geduldet.

Ich nahm mein Glas, deutete dem Barmann an, ich würde mich zu meiner Familie setzen. Paul fragte mich, ob wir jetzt fliegen würden. Ich musste ihn auf später vertrösten. Es schien ihm nichts auszumachen. Er aß Pommes, zeichnete an seinem Bild.

Ich hätte aufschreiben sollen, welches Motiv es zeigte. Die Erinnerung versagt. Dieser Gedanke treibt mir Tränen in die Augen. Den Schmerz über die Tode meiner Eltern habe ich in der Erinnerung an den Kanadier, an unser Warten am Flughafen kurz vergessen. Jetzt kommt er wieder, löst sich nicht in den Tränen auf, die für Pauls vergessenes Bild bestimmt sind. Ich wische sie weg. Keine Spuren am Hemdsärmel. Es können nicht viele gewesen sein.

Waren sie überhaupt je geflossen oder nur auf dem Papier des Gedächtnisprotokolls von letzter Woche, das von den Erinnerungen an den Saarbrückner Hauptbahnhof angeregt wurde und das ich jetzt überarbeite? Wie ich die damalige Angst um meinen todkranken Vater nur mehr aufschreiben, sie nicht mehr fühlen kann. Ohnehin hat mir sein Tod diese Angst genommen. Der Verlustschmerz hat sie ersetzt. Mit den Jahren hat sich dieser nicht verbraucht, ist aber erwartbar geworden und dadurch vermeidbar. Jetzt fühle ich ihn.

Auch Schmerz und Trauer sind ein Geben und Nehmen wie alles hier. Ob es das wert ist? Ich sollte mir diese Frage beantworten können, schließlich habe ich ein langes Leben gelebt. Ich habe keine Antwort.

Gewährsmann – 2016

»Lincoln ist der einzige US-Präsident, der es zu Lebzeiten auf Papiergeld geschafft hat.« Otto hielt mir die Mappe entgegen, die ihm gleich, nachdem ich sie ihm gereicht hatte, ausgekommen war. Der Aufprall hatte sie geöffnet. »Ten Dollars«, stand auf dem großen Schein zwischen drei Abbildungen, die ich aus der Distanz nicht erkannte. »Leider nur ein Platzhalter. Ein Original hab ich mir nie leisten können.« Otto strich über das Plastik über dem falschen Schein, klappte das Buch zu. »Horse blankets hat man diese großen Noten genannt, glaube ich.«

Die nächste Mappe im Fach war ebenfalls in hellbraunes Leder gebunden, aber schwerer als jene, die ich Otto bereits gereicht hatte. Sie musste Münzen enthalten.

»Interessant«, sagte Otto, der sein Handy hervorgeholt hatte. »Laut Wikipedia wurden von diesen Demand-Notes während des Bürgerkriegs so viele gedruckt, dass der Schatzmeister der Union und sein Vize sie nicht alle persönlich unterschreiben konnten. Siebzig Frauen hat man engagiert, die mit ihren Namen unterschreiben sollten. Manche haben aber die Unterschrift des Schatzmeisters gefälscht.«

Die Leiter schwankte. Ich presste die erste Münzmappe mit dem linken Ellenbogen gegen die Seite, legte die zweite zurück ins Fach, hielt mich mit der freigewordenen Hand am Brett aus massivem Holz fest. Drei Stufen waren doch höher, als gedacht. Aufgeben würde ich nicht, aber mich etwas zurücknehmen. Hatte ich von den Mappen mit den Scheinen immer vier oder fünf herunterreichen können, würde ich von den Münzmappen höchstens zwei schaffen.

Otto ignorierte mich, als ich ihm die erste Mappe entgegenstreckte. »Das wird die Scheine nicht ungültig gemacht haben«, mutmaßte er beim Scrollen durch den Artikel. »Papier- ist eben Fiatgeld.« Er reagierte auf mein Räuspern, entschuldigte sich und zeigte sich vom Gewicht der Mappen überrascht. »Ich wäre wohl besser bei den Scheinen geblieben, nicht?« Er grinste. »Tut mir leid, aber Münzgeld war mir immer lieber. Etwas zum Anfassen halt.«

Ich seufzte. Neben Otto stapelten sich bereits zwanzig Mappen auf dem Parkett und im Vorzimmerschrank mussten sich noch mindestens achtzig weitere befinden.

Trotz dieser starken Leidenschaft wollte Otto sich von seiner Sammlung trennen. Seit zehn Jahren sei sie nicht mehr gewachsen, seit fünf verstaube sie hier im Schrank. Ich verstand nicht, was ihn daran störte. Aber er war stur geblieben. Ich auch. Er werde kein Geld für Möbelpacker ausgeben, wenn ich ihm doch helfen könne. So viel hätten die Möbelpacker nicht gekostet, bereute ich jetzt zumindest meine Sturheit.

»Wie Lincoln sich wohl gefühlt hat, wenn er sein Porträt in der Geldtasche herumgetragen hat? Oder wie fühlt die Queen sich? Kannst du sie dir mit einer Geldtasche vorstellen? In einem Supermarkt?«

Ich musste mich wieder am Brett festhalten. Vom Auflachen hatte die Leiter stärker geschwankt als vom Ungleichgewicht durch die schweren Münzen. Zum Glück reichte der Schrank nicht bis zur Decke des Altbauflurs. Das ließ ihn niedriger erscheinen als er war. Wenn ich nicht hinuntersah, glaubte ich sogar daran.

Die nächste Mappe machte beim Herausziehen ein schleifendes Geräusch, als befände sich Sand zwischen Umschlag und Brett, zwischen Leder und Holz.

»Hat Lincoln nicht als Verkäufer in einem Lebensmittelladen gearbeitet?«

Ich musste mich konzentrieren, mein Gewicht, das nur von Ballen und Zehen getragen wurde, obwohl die Sprossen breit und gummiert waren, vorsichtig verlagern und antwortete nicht auf diese rhetorische Frage. Otto schwieg.

»Zehn Jahre nach Lincolns Tod«, sagte er nur zwei Mappen später, »wollten Geldfälscher am Präsidentschaftswahltag seine Leiche stehlen, um die Freilassung ihres besten Graveurs zu erpressen.«

Hatte er das so dahin gesagt, geflüstert beinahe, weil er glaubte, mich zu langweilen oder weil ihm peinlich war, dass ich für ihn den Kasten ausräumte? Hatte er aus diesem Grund Lincoln die Queen gegenübergestellt, dem Selfmademan die Adelige, sie mit uns verglichen? Wir würden streiten, würde ich diese Vermutungen aussprechen. Ich erinnerte mich an unsere erste Begegnung vor gut eineinhalb Jahren. Damals hatten wir über etwas ähnliches gestritten. Was genau, fiel mir nicht ein. Auch unser eigentliches Kennenlernen, wie wir einander vorgestellt hatten oder vorgestellt wurden, blieb im Dunkeln. Das Davor war klar.

Paul war in Wien und hatte mich zu einer Vorstellung von Scorseses *The Wolf of Wall Street* überredet. Damit ich mal unter Leute komme. Der Film wurde im Rahmen eines Festivals gezeigt. Die zwei Kuratoren, die den Film einführten, schätzten ihn unterschiedlich ein. Den jüngeren der beiden störte, dass der Mann, auf dessen Leben und Taten der Film beruhe, in einem Cameo-Auftritt am Ende des Films sein fiktionalisiertes Ich lobend bei einem Seminar vorstelle. Das wirke, als spreche der Film ihn von jeglicher Verantwortung frei. Aber das sei ja die Magie von Filmen, erwiderte der ältere: etwas Echtes unecht machen und umgekehrt. Gestern habe er das etwa bei *Winnetou* erlebt. Als sich Winnetou und Old Shatterhand Blutsbrüderschaft schwören, kneife Marie Versini als Nscho-tschi die Augen zusammen. Sie werde von der

Sonne geblendet, nicht vom Nachthimmel, den der dunkle Kamerafilter suggeriere. Er wisse, es sei ein Trick. Dennoch habe er eine amerikanische Nacht im ehemaligen Jugoslawien gesehen, daran geglaubt. Warum sehe, fragte der jüngere, das Geld in *Wolf* dann aber so echt aus? Das wirke, als wolle der Film seine Falschheit verbergen, einen Realismus vorspielen. Zu welchem Zweck? Sie redeten noch eine Weile aneinander vorbei, bevor der Film begann.

Er war zu laut für mich gewesen. Paul hatte er gefallen. Im Foyer des Kinos, das ein Café beherbergte, schwärmte er, gestikulierte wild mit einer Flasche Mineralwasser in der Hand. Sie sah aus wie eine Flasche Bier. Ich versicherte mich, dass es kein Bier war, dass er noch »on the wagon« war, wie er in Anrufen stets beteuerte, trat näher an ihn heran und sah über seine Schultern die beiden Kuratoren, die mit jenem Mann sprachen, den ich gleich als Otto kennenlernen würde.

In einem Kino, erzählte er den Kuratoren, habe er mal einen Schauspieler kennengelernt, der sich seinen eigenen Film angesehen habe. Später in jener Nacht sei ihm aufgefallen, dass der Schauspieler im Film anders geschwitzt habe als in Wirklichkeit. Auf der Leinwand habe ihn ein Detektiv beim Joggen angehalten und zu einem Mord befragt. Sein hellgraues T-Shirt sei um den Hals dunkelgrau gewesen. Beim Erkunden ihrer Körper sei aber zuerst eine behaarte Stelle am unteren Kreuz feucht geworden. Otto habe den Schauspieler dort massiert, was diesen richtig hart werden und aufstöhnen ließ.

Die Kuratoren hatten über Ottos Offenheit gelacht. Ich hatte sie geschätzt und mochte nicht, wenn er sich wie hier im Flur verschloss. Stumm nahm er zwei der schweren Mappen entgegen. Er hatte Platz machen, ein paar der gestapelten Mappen gegen die Wand des Flurs schieben müssen.

Als wir uns besser kannten, hatte er mir die Begegnung mit dem Schauspieler erzählt. Hatte er vergessen, dass ich sie schon kannte, oder hatte er nicht bemerkt, dass ich sie gehört hatte? Jahre später, hatte er ergänzt, habe er den Schauspieler in einem Werbespot wiedererkannt. »Chokotoff«, habe der andere verführerisch sagen müssen und dämlich dabei ausgesehen. Da fand ich heraus, dass wir uns in Brüssel begegnet sein könnten. Als ich »Chokotoff« hörte, diese belgische Schokolade, die ich in Brüssel gerne zum Kaffee gegessen hatte, lief mir das Wasser im Mund zusammen, was ich Otto mit einem Kuss bewies, der sich erstaunt über diese ungewohnte Dreistigkeit zeigte und lachte. Er sei beruflich ab Mitte der 1980er oft in Brüssel gewesen. Auch zu meiner Zeit, bis Ende 1994.

Da zog ich die nächste Mappe zu schnell aus dem Schrank. Ich bekam den vorderen Deckel und ein paar der ersten Seiten noch zu fassen, doch fielen einige Münzen zu Boden. »Alles in Ordnung?«, versicherte sich Otto, legte seine Hände schützend auf meine Hüfte. Den Versuch abzuwinken unterließ ich, weil ich fürchtete die Mappe würde mir doch noch hinunterfallen.

Ich legte sie ins Fach, um sie zu schließen. Auf der aufgeschlagenen Seite waren alle Münzen in ihren Taschen geblieben. Alles Gold. Die zwei Münzen in der oberen rechten Ecke waren größer als die anderen. Auf der einen stand eine große »50« neben dem Symbol der Vereinten Nationen und den Jahreszahlen »1945« und »1995«. Auf der anderen standen in der Mitte in drei Zeilen »50 Ecu 1993«, umrahmt vom Namen Belgiens in seinen drei Amtssprachen.

»Was ist das?«, fragte ich Otto und tippte auf die Münze aus 1993, als ich ihm die Mappe reichte. »Ein Ecu aus Belgien. So hätte der Euro ursprünglich heißen sollen: ein Akronym für European Currency Union, französisch ausgesprochen«, sagte er und betrachtete die beiden Münzen. »Diese belgischen Ecu sind aber wie der Maria-Theresien-Taler Anlagemünzen.«

Er legte die Mappe auf einen schmalen Tisch an der Wand

und wollte sich vorsichtig zu den herausgefallenen Münzen hinunterbücken, doch musste er sich sofort wieder aufrichten. Ich wollte hinunter, ihm helfen. Er bedeutete mir, das zu lassen, und ging in Richtung Küche. Mit einem Besen und einer klappbaren Schaufel an einem langen Stiel kam er zurück und begann die Münzen behutsam in die Schaufel zu kehren. Sie glitzerten im grellen Licht der LED-Birnen. Ich wandte mich ab. Das Glitzern verfolgte mich als helle Nachbilder, die sich nicht wegzwinkern ließen. Wie die Erinnerungen an Brüssel. Sie kamen in Wellen: eine ungeheure Kraft im Aufprall, ein langsamer Rückzug, der nächste Aufprall.

Der Sommer 1993 mit dem einzigen königlichen Begräbnis, dem ich beigewohnt hatte, verursachte besonders hohe Wellen. Jane und ich hatten neben anderen wichtigen, aber nicht *sehr* wichtigen Personen nahe des Hauptportals der Kathedrale St. Michel stehen dürfen. Sowohl der abschüssige Platz davor als auch die Wege vom Palast und zum Friedhof waren abgesperrt. Es war gespenstisch still als der Trauerzug ankam. Königin Elizabeth, Kaiser Akihito, die US-Präsidenten Ford, Bush und Carter sowie Bundespräsident Klestil und unser Botschafter für Belgien hatten den Sarg vom Königspalast zur Kathedrale begleitet. Die Stille wurde von den Lautsprechern gebrochen, die den Trauergottesdienst übertrugen. Und von schreienden Kleinkindern, deren Eltern das peinlich war und alles versuchten, das Weinen so schnell wie möglich zu stoppen.

Kein Kind schrie mehr, und die Lautsprecher waren verstummt, als der Sarg hinausgetragen und auf einen Anhänger gelegt wurde. Die Sargträger, Soldaten in Gardeuniform, ähnelten in ihren bedachtsamen, minimalen und perfekt koordinierten Bewegungen modernen Tänzern. Dann erklangen die Glocken und Königin Fabiola stieg in einen Wagen hinter dem Anhänger. Die Stille löste sich in Klatschen auf.

König Baudouin war Ende Juli gestorben. Wenige Wochen nachdem Belgien eine Bundesmonarchie geworden war. Sein Tod wurde als schlechtes Omen gedeutet.

Die Beisetzung musste Anfang August gewesen, Baudouins Bruder Albert wenige Tage danach als neuer König vereidigt worden sein. Ein weiteres schlechtes Omen. Alberts Frau Paola sprach ein schlechtes Niederländisch. Französische Zeitungen befürchteten deswegen einen stärkeren flämischen Nationalismus. Ob es so gekommen war, wusste ich nicht.

Hatten es Albert und Paola wie Baudouin und Fabiola vor ihnen noch auf eine belgische Franken-Note geschafft? Es war möglich. In Österreich hatte es nach dem EU-Beitritt und wenige Jahre vor dem Euro auch noch eine neue Serie von Banknoten gegeben. Wer war darauf abgebildet gewesen?

Eine Kritik an den Euro-Banknoten war gewesen, dass sie beliebig aussähen mit ihren idealisierten Brücken in amalgamierten Baustilen. Ich mochte sie aber, diese einfache Symbolik. Vor einigen Jahren waren die Brücken in einem Vorort Rotterdams zur Erschließung eines wasserreichen Neubaugebiets nachgebaut worden.

Hatte Otto mir das gesagt? Er war mit dem Kehren fertig und stellte den Besen neben den Stapel, auf den er die Mappe gelegt hatte, die mir hinuntergefallen war.

Ich wollte eine zweite Mappe aus dem Fach ziehen, ließ es aber, wollte nichts riskieren. Otto nahm die eine Mappe ohne Kommentar entgegen. Warum hatte ich ihn noch nie gefragt, wo er während Baudouins Begräbnis gestanden war?

Eine Welle traf mich. Wann hatten wir in der Brüsseler Mission den Besuchs- und Informationsdienst als eigenes Büro eingerichtet? Die 1993 begonnenen Beitrittsverhandlungen führten in Österreich zu mehr Interesse an der Europäischen Union und bei uns in Brüssel zu mehr Besuchern. Wir hatten uns aber verschätzt, mit zu vielen Interessenten gerechnet. Im Eingangsbereich des Besuchsdienstes verkauften wir Europa-Merchandise. Die Regale waren meist voll. Einmal habe ich Paul eine Europa-Version von Monopoly zu Weihnachten geschenkt. Eine der Straßen am Spielbrett war die Brüsseler Avenue Louise, wo sich die Büros der österreichischen Mission befanden. Die Avenue Louise sollte damals zu einer belgischen Fifth Avenue werden. Es wurde viel investiert. Wie war der Wechselkurs der belgischen Franken zum Euro gewesen? Die 13,7603 Schilling für einen Euro wusste ich immer noch. Die PIN für mein neues Handy musste ich mir aufschreiben. Otto hatte mich dafür gerügt. Ob er belgische Franken in seiner Sammlung hatte? Im Sommer 1993 hatte es eine Serie von Bankomat-Einbrüchen in der Avenue Louise gegeben. Ein Geldautomat, erinnerte ich mich an ein Foto, war mithilfe mehrerer strapazierfähiger Gurte von einem Auto aus der Hauswand gerissen worden. Wie wären die Täter dann aber an das Geld gekommen? Vielleicht hatte ich dieses Bild aus einem Film. Im Europa-Monopoly wurde um Ecu gespielt. Die Wellen wuchsen zu einer Sturmflut, spülten allerhand Unnützes an.

Die Leiter schwankte heftig. Vor Schreck ließ ich die zwei Münzmappen fallen und spürte Ottos Hand auf dem Oberschenkel. »Wir werden die Möbelpacker anrufen«, sagte er und reichte mir die freie Hand. Ich nahm sie ohne Widerworte an. Otto schaltete das Licht aus und der Schein der Münzen erlosch.

Ausgangsmaterial – 2017

»Es ist ermüdend«, seufzte die eine Frau, die ich jünger als mich und im gleichen Alter wie ihre verständnisvoll oder gelangweilt nickende Gesprächspartnerin schätzte. »Dreimal muss ich umsteigen. Wenn ich angekommen bin, erscheint mir der Weg aber kurz. Das Grab meines Mannes ist ja gleich hier.« Sie deutete in Richtung des nahen Tors, durch das ich diesen katholischen Friedhof endlich verlassen wollte. »Beinahe eine Stunde brauche ich zum Eingang, zu seinem Grab sind es aber nur wenige Schritte. Mittlerweile ist das für mich ein ganz alltäglicher Vorgang, als öffnete ich bei uns zu Hause einen Schrank, um etwas herauszunehmen. Ich gieße die Blumen oder ersetze sie und weiß dann nicht, was ich sonst noch machen soll. Gesagt habe ich ihm alles. Selbst das, was er nicht hören wollte.« Sie lachte. Die andere kicherte. »Manchmal«, sagte die Frau und schaute zu Boden, »muss ich wenigstens Vogelscheiße vom Stein wischen.« Eine Pause entstand, in der sich der nahe Verkehr über das nähere Zwitschern der Vögel legte, die Fahrgeräusche über das Lachen eines Grünspechts. »Komm mit«, sagte die andere Frau schließlich, »lass uns die Runde drehen.«

Ohne ein weiteres Wort begannen sie ihren Spaziergang. Ich grüßte sie leise, erschöpft, konnte den rechten Arm kaum heben, an dessen Schulter die Kuriertasche hing. Weitgehend leer erschien sie mir dennoch tonnenschwer. Sie nickten mir zu, gingen in Richtung jener Kapelle, an der ich zwei- oder dreimal vorbeigekommen war. Über die dicht beieinanderstehenden, maroden und in einigen Fällen wie abgenagt wirkenden Grabsteine war sie zu sehen, obwohl es schien, als wolle sie sich ducken.

Ich wandte mich wieder dem Ausgang zu, den ich so lange gesucht hatte. Das Tor wirkte neu oder frisch gestrichen und so, als hätte man es in die Backsteinmauer hineingedrückt. Das passte zum Gedränge der Gräber. Ich stellte mir schon vor, wie es sich anfühlen würde, den Griff in der Hand zu spüren, fragte mich, ob er kühl oder warm wäre, als ich hinter einem höheren, gepflegten Grabstein endlich eine schmale Bank entdeckte. Auch auf dem anderen, größeren Friedhof, der an diesen grenzte, hatte ich erfolglos eine Sitzgelegenheit gesucht. Ich blieb stehen. War es das Grab des Mannes der Frau, die mit ihrer Freundin zur Kapelle ging? Ich wollte es nicht wissen und konnte vermeiden, den Namen und die Daten zu lesen, die, tief eingraviert und weiß ausgemalt, deutlich zu erkennen waren.

Das Holz der Bank wirkte an den Stellen spröde, wo es nicht vom Laub bedeckt war, das der Wind hierhergetragen haben musste, wo keine Bäume standen. Mit dem Regenschirm schaffte ich Platz, um mich setzen zu können. Das ging schnell. Ich war schmäler geworden, fühlte mich kleiner.

Durch die Gitterstäbe des Tors sah ich einen Mann, der gegenüber dem Friedhof ein Geschäft verließ. Er trug einen Blumenstrauß, eilte über die Straße, öffnete die Tür, ignorierte mich. Glich ich im langen braunen Mantel zusammengesunken einem Laubhaufen?

Die Wege beider Friedhöfe waren hügelig und kaum asphaltiert; anstrengend also. Über Schotter, Gras und rutschiges, modrig riechendes Laub war ich zuvor auf dem anderen Friedhof schließlich zu einem Mausoleum gekommen, das von einem rostigen Baugerüst eingehüllt war. Daneben stand ein oranger Container, in dem Paletten gelagert wurden. Ich wollte umkehren, als ich hinter dem Container ein aufgeschobenes Tor bemerkte und die weiße Front eines Kleinlasters, dessen Heck durch ein anderes offenes Tor ragte. Der

Verlauf der asphaltierten Straße zwischen diesen Toren wurde zwar von einer Kurve und hohen Lattenzäunen verborgen, doch hoffte ich, sie würde mich weg vom Friedhof bringen. Ich wollte es versuchen, als zwei unmittelbar aufeinanderfolgende dumpfe Geräusche mich innehalten ließen. Ein Mann hatte zwei pralle Laubsäcke auf die Ladefläche des Lasters neben andere gefüllte Säcke gewuchtet. Er bemerkte mich, weitete seine Augen, als ob er wortlos eine Frage stellte, legte den Kopf etwas schief, um ihr mehr Gewicht zu verleihen. Ich stand zwischen den Toren, weil ich hatte sehen wollen, was der Laster geladen hatte. Nun musste ich mich entweder vorbei an Laster und Mann zwängen, um auf die Straße zu kommen, oder wieder in den größeren Friedhof zurück oder durch das andere Tor gehen, von dem ich nicht wusste, wohin es führte. Der Mann schob die Augenbrauen zusammen, hängte dem Frage- ein Rufzeichen an. Dadurch zu einer schnellen Entscheidung gezwungen, eilte ich geradeaus durchs andere Tor in den katholischen Friedhof, wo viele keltische Harfen und Kreuze mich begrüßten.

Ein Quietschen riss mich aus den Gedanken. Ich wandte mich dem Tor zu. Seine Gitterstäbe teilten einen Bus, der vom scharfen Bremsmanöver noch leicht nachwippte, in mehrere gleich große Teile. Hatte die Frau nicht gesagt, eine Haltestelle befinde sich gleich beim Eingang? Mit etwas Glück würde der Bus mich direkt zum Hotel bringen. Das Mittagessen hatte ich verpasst, und das Frühstück war wenig ausgiebig gewesen. Ich hatte Pauls Vortrag noch einmal durchlesen müssen und wieder nicht verstanden, worum es ihm ging.

Auf den ersten Seiten verglich er eine Rede Harold Wilsons vor der Beratenden Versammlung des Europarates aus dem Jänner 1967 mit einer Kolumne Boris Johnsons aus dem Vorjahr. »There may be those«, sagte Wilson, der für einen Beitritt Großbritanniens zum Europäischen Binnenmarkt warb, »who believe that to widen the Community will be to weaken it, or to dilute its existing sense of purpose and its institutions. Change there will be, as there has been throughout these ten years. For he who rejects change is the architect of decay. The only human institution which rejects progress is the cemetery.« »The EU«, schrieb Johnson, der für einen Austritt aus dem Binnenmarkt warb, »is a graveyard of low growth; the only continent with lower growth is currently Antarctica.« In einer Anmerkung fragte mich Paul, ob die leicht verschiedenen Bedeutungen von »cemetery« und »graveyard« hier etwas ausmache.

Hatte mich diese Frage, die ich nicht beantworten konnte, hatten mich diese Zitate zu den Friedhöfen geführt? Beide trugen sie »cemetery« im Namen, wie ich jetzt wusste. Würde ich durch das Tor gehen und mich umdrehen, könnte ich vermutlich ein Schild sehen, das mir das bestätigte. Es konnte aber nicht alles so einfach auf einen Grund zurückzuführen sein. Das war mein Problem mit Pauls Text.

Bis 1975, als die Briten ihren Beitritt in die Gemeinschaft bestätigten, erklärte er weiter hinten, seien die Medien im Land pro-europäisch gewesen, danach skeptischer geworden. Eine Folge der Sitcom *Yes, Minister* aus 1980, die in den letzten Jahren oft geteilt worden war, zeige die Skepsis. Ich hätte den Ausschnitt bestimmt auch gesehen, merkte er an: Der Minister für Verwaltung soll das Gesetz zu einem EWG-weiten Personalausweis im Parlament einführen. Das sei der Sargnagel für sein Ministerium, eingeschlagen vom Premierminister, der es abschaffen will und die Einführung als dessen letzten Akt bestimmt hat. Der Minister fragt, ob der Premier und das Außenministerium nicht wüssten, welchen Schaden das Gesetz für die europäische Idee in Großbritannien bedeuten würde. Die Briten würden sich in einem Polizeistaat glauben, träte es in Kraft. Das Außenministerium, erklärt sein

Sekretär, will genau das, es gibt sich pro-, weil es eigentlich anti-europäisch ist. Wie die britische Staatsverwaltung insgesamt wolle es das Scheitern des europäischen Binnenmarkts. Deshalb sei man beigetreten. »Britain has had the same foreign policy objective for at least the last five hundred years: to create a disunited Europe. Divide and rule, you see. Why should we change now, when it's worked so well?«

In einer Folge von *Doctor Who* aus 1972 steht König Peladon vom gleichnamigen Planeten vor der Entscheidung, ob er der Galactic Federation beitreten soll. Sein Kanzler ist dafür, der Hohepriester dagegen, weil Peladon bei einem Beitritt, dem Bruch mit der Tradition, ein uralter Fluch treffen würde. Das schreckt den König nicht ab. Er ist auf der Seite des Kanzlers, verlangt vom Priester das zu akzeptieren. Zähneknirschend stimmt dieser zu, kann sich aber gleich darauf in seiner Prophezeiung bestätigt fühlen: Der Kanzler verlässt den Thronsaal und wird ermordet. »He saw your future as a servant of the Galactic Federation«, kommentiert das der Priester. »I see you as an independent ruler of a great and glorious kingdom.« Das, schrieb Paul, sei aber nur eine Art der Unabhängigkeit. Sie könne sich auch nach innen richten.

Die Innenaufnahmen der Folge seien wie jene des Films *Passport to Pimlico* aus 1949, in den Londoner Ealing Studios entstanden, die rund zehn Kilometer von diesem Stadtteil entfernt liegen. Eine Woche nach Inkrafttreten des Republic of Ireland Acts, der zwei Jahre nach der Unabhängigkeit Indiens die endgültige Loslösung Irlands von Großbritannien markierte, lief er in den britischen Kinos an. Die Explosion einer deutschen Fliegerbombe hat einen Keller freigelegt, der einen Schatz und eine nie widerrufene Urkunde birgt, die Pimlico zum Besitz der Herzöge von Burgund erklärt. Um zu verhindern, den Schatz, den Bodenschatz, wie Paul es formulierte, an die Krone abtreten zu müssen, erklären sich die

Bewohner für unabhängig von Großbritannien, nehmen ihr europäisches Erbe an.

Das Misstrauen der Krone gegenüber einte sie mit jenen Aktivisten, die im Oktober 1977 in der Londoner Freston Road und unter Berufung auf *Passport to Pimlico* die unabhängige Nation Frestonia ausriefen und Anträge auf Mitgliedschaft in der EWG und der UN stellten. Die Frestonier hatten keine Urkunde, die ihre Sezession legal gemacht hätte, und auch keinen Bodenschatz, sondern wollten vom Tourismus leben.

Das führte Paul nicht weiter aus. Den Abschnitt schloss er mit einem Verweis auf die Gesetzesentwürfe zur Schaffung gewählter Versammlungen für Schottland und Wales, die das britische Unterhaus im November 1977 verabschiedet hatte. Er schrieb es nicht aus, mir aber schien, als wolle er auch hier einen Zusammenhang erkennen.

Das sei alles sehr interessant, antwortete ich diplomatisch, ich verstünde aber leider nicht, worauf er hinauswolle. Außerdem scheine mir die Chronologie etwas durcheinander.

Bevor ich den Laptop schloss, stöberte ich in den Tabs, in denen die geklickten Links aus den Fußnoten im Browser geöffnet waren. Darunter war der Antrag Frestonias an die UN. »The first residents of the area«, hieß es dort, »were pig keepers who settled here early in the 19th century. Later on, when the railways were built, they were joined by Irish brick-makers.« Hatten sie Ziegel für die Mauer zu meiner Rechten gebrannt? Gut möglich, denn die Freston Road war nicht allzu weit von den Friedhöfen entfernt. Und auch nicht von meinem Hotel in Belgravia. Hatte ich wegen dieser Nähe ein Taxi bestellt? Warum war ich dann aber nicht nach Pimlico gefahren, das an Belgravia grenzte oder gleich weiter zu den Ealing Studios?

Auf rund der Hälfte des Weges musste der Fahrer an einer Ampel halten. Ein Laster verdeckte ein Straßenschild. Als wir losfuhren, war am Schild »Olympia« mit einem Pfeil nach links zu lesen. Ich bat den Fahrer, links abzubiegen und vor dem Olympia zu halten: In dieses Kongresszentrum hatten Johann und mich eine unserer ersten gemeinsamen Reisen für das Wiederaufbauministerium geführt. Es musste 1955 gewesen sein. Churchill war gerade zurückgetreten. Eine Unterhauswahl stand bevor.

Das Olympia war nicht wiederzuerkennen. Oder ich hatte vergessen, wie es damals ausgesehen hatte. Ich versuchte mich zu erinnern. Johann und ich mussten eine Wirtschaftsdelegation begleitet haben, die sehen wollte, was die englische Konkurrenz machte. Ausgestellt hatten nämlich nur englische Unternehmen. Oder britische? Hatte es einen nordirischen Stand gegeben? Zwei inhaftierte Sinn Féin-Politiker waren damals bei jener Wahl in Ulster angetreten und hatten gewonnen. Ihre unterlegenen Kontrahenten aus dem Lager der Loyalisten wollten gerichtlich gegen diese Siege vorgehen. Was daraus geworden war, hatte ich nicht mehr mitbekommen. Johann und ich waren zurück nach Wien geflogen. Ja, Webwaren aus Ulster waren ausgestellt gewesen, fiel mir ein, als ich die Infotafel las, die neben dem zugesperrten Haupteingang des Olympia hing. Dieses Monat hatte die *Design London* stattgefunden, nächsten Monat fand die *London Build Expo* und im Monat darauf *The Business Show* statt.

Mein Taxi war verschwunden. Hatte ich dem Fahrer nicht gesagt, er solle auf mich warten? Hatte ich bezahlt? Ich nahm einen Zug, der in der Nähe der Freston Road hielt, verpasste aber, noch gefangen in den Erinnerungen, die Haltestelle und fuhr in die Gegend der beiden Friedhöfe weiter. Als ich von einem in den anderen ging sah ich, dass die Mauer, die sie trennte, nicht sehr breit war.

Ja, so war ich hierhergekommen. Nach London hatte mich aber ein Buch gebracht. Ein Geburtstagsgeschenk Johanns.

Ich hatte es erst nach seiner Beisetzung am Wiener Zentralfriedhof gelesen. Zwei Monate sind seitdem vergangen.

Gegen Ende von Thomas Glavinics *Die Arbeit der Nacht* fährt Protagonist Jonas, der letzte Mensch auf Erden, durch den Kanaltunnel, um seiner gemeinsam mit allen anderen Menschen verschwundenen Freundin in Großbritannien nachzuspüren, die dort irgendwen besucht hat. Mir fiel nicht ein wen. Jonas fährt mit einem alten *Puch*-Moped. Ich war immer auf die Insel geflogen, nie durch den Tunnel gefahren. Hatten Johann und ich damals *Puch*-Mitarbeiter auf die Messe begleitet? Hatte *Puch* 1955 wieder oder noch immer nach Großbritannien exportiert? Auf den letzten Seiten besucht Jonas den Wiener Zentralfriedhof. Was machte er dort? Ich holte das Taschenbuch aus meiner Kuriertasche, erschrak über das kalte Leder der Klappe, blätterte von hinten nach vorn. Ja, ich hatte »Zentralfriedhof« doppelt unterstrichen. »So gut gefiel ihm die langsame Fahrt durch den Park,« las ich, »daß er zeitweise vergaß, weshalb er gekommen war.« Ich wollte mir die Friedhöfe hier und den in Wien als Parks vorstellen, schaffte es aber nicht. Das Tor quietschte. Zwei neue Besucher. Die Frau und der Mann, die ich viel jünger als mich schätzte, beachteten mich nicht, schauten zu Boden auf den ausgetretenen Pfad und folgten ihm. Ich stand auf, schwankte auf meinen müden Beinen. Bevor das Tor zufiel, wollte ich sie erreichen. Gelänge mir das nicht, würde ich hierbleiben?

Gefahren – 2018

»Der Name Luxemburg hat eine ähnliche Bedeutung wie jener von Graz, aber eine ganz andere Wurzel, wussten Sie das?« Ich verneinte, wie ich schon bei einigen Fragen unseres Begleiters passen musste. Wollte er mein Allgemeinwissen prüfen? Oder wollte er mit seinen vielen Fragen zu Österreich darüber hinwegtäuschen, dass er sich nicht auf meinen Besuch vorbereitet hatte, nicht wusste, wer ich war? Ich verstand ihn. Meine Vita war keine Kurzlektüre. Würde sie dafür aber bald abgeschlossen sein, vielleicht schon in Luxemburg? Ich nahm die nächste Stufe, unterdrückte ein Schnaufen. Obwohl meine Pensionierung nun schon viele Jahre zurücklag und mein Besuch in Luxemburg als Berater des Europäischen Weltraumrates eher repräsentativer Natur war, müsste ich dennoch darum bemüht sein, mein offensichtliches Unverständnis diplomatisch zu überspielen, doch hatte ich schlecht geschlafen und nicht gefrühstückt. Mein Kopf schmerzte vor Hunger und Schlafentzug. Morbide Gedanken konnten ungehindert wüten.

Um unserem Begleiter entgegenzukommen und um mich von diesen Gedanken abzulenken, wollte ich eine Frage stellen. Als ich mir eine zurechtgelegt hatte, waren wir aber an unserem Ziel im dritten Stockwerk eines Hochhauses mit Plattenbaufassade angekommen.

»Ich bitte nochmals um Entschuldigung. Der Aufzug hätte heute wieder betriebsbereit sein sollen, die Arbeit hat sich aber leider verzögert«, sagte unser Begleiter lächelnd, als er meinem Assistenten und mir die Tür mit dem Schriftzug der neuen Agentur öffnete. Die Lettern waren zur Hälfte aufgemalt, Schablonen umrissen die fehlende Hälfte: Luxembourg Space Agency. Sie war nicht die erste ihrer Art. Das österreichische Pendant existierte unter wechselnden Namen seit den 1970ern. Die Luxemburger hatte jedoch eine wirtschaftlichere Ausrichtung, anstelle der traditionell wissenschaftlichen, wie es bei anderen nationalen Weltraumagenturen der Fall ist.

Das war der Grund für meinen Besuch. Der Weltraumrat hatte vor rund zehn Jahren beschlossen, einige bewährte, das heißt pensionierte Diplomaten damit zu betrauen, dem etwas eingeschlafenen Dialog der Mitgliedsstaaten über die kommerzielle Nutzung des Weltraumes neues Leben einzuhauchen. Obwohl es dafür eigentlich jüngere Leute gebraucht hätte, war ich sofort dabei gewesen. Seit der Sonnenfinsternis im Juni 36, die in Wien frühmorgens auf dem rosa Himmel partiell zu sehen war, interessierte ich mich für den Weltraum. 1968 kam ich zum ersten Mal beruflich mit der Materie in Berührung, als ich half, die Rede von Bundespräsident Jonas vor dem UN-Ausschuss für die friedliche Nutzung des Weltraums vorzubereiten. In meiner weiteren Laufbahn hatte ich mich zwar nicht direkt mit diesen Fragen beschäftigen dürfen, doch hatte ich in meiner Freizeit viele Konferenzen besucht, mich über den aktuellen Stand der Forschung und der Praxis auf dem Laufenden gehalten, die Europäische Kommission bei der Konzeption des *Weißbuchs Raumfahrt* beraten und Kommentare in Tageszeitungen geschrieben.

In Luxemburg wollte ich mir Impulse für ein mögliches weiteres und praxisnahes Vorgehen holen. Seit der Gründung der Europäischen Gemeinschaft war das Land Vorreiter in Sachen Technik und ihrer breitenwirksamen Nutzung. Schon vor der neuen Weltraumagentur hatte Luxemburg Unternehmen gefördert, die Methoden zum Erz- und Mineralienabbau auf Meteoriten entwickelten. Und vor einem Jahr hatte man das weltweit erste Gesetz über die Erforschung und Nutzung von Weltraumressourcen erlassen. Darauf aufbauend sollte die neue Agentur die Entwicklung eines luxemburgischen Ökosystems in diesen Kernbereichen, also Forschung und Wirtschaft, fördern. In einem ersten Schritt war damit vor allem die Ausbildung von Personal sowie die Investition in neue Produktionsstandorte gemeint. So weit die Pressematerialien. Ich war gespannt auf die Personen dahinter.

Die Besprechung fand im kleinen Rahmen statt. Neben unserem Begleiter nahmen Vertreter der Regierung sowie dreier Unternehmen teil. Ihnen wurde der Hauptteil der Sprechzeit zugestanden. Sie hielten sich allgemein und versuchten nicht, ihre Produkte vorzustellen. Stattdessen betonten sie die Wichtigkeit der neuen Agentur, der europaweiten Förderung ähnlicher Projekte, wofür natürlich eine Aufstockung des Budgets der europäischen Weltraumagentur bei der nächstjährigen ESA-Ratstagung unerlässlich sei, sowie die Bündelung von Know-how und Produktionskapazitäten an europäischen Standorten. Einer der Betriebe musste aus diesen Gründen einen Teil der Produktion nach China verlegen. Ein Problem, das ich aus Österreich kannte. Auch was die fehlende Förderung betraf.

Die Vertreter blieben nach dem Gespräch im Weltraumamt. So nannte ich, für mich, die Agentur in Anlehnung an den Weltraumrat. Beides erinnerte mich an die deutschsprachige Science-Fiction der Nachkriegszeit, deren Begrifflichkeiten sich in mir nun wieder häufiger gegen die englischen Bezeichnungen durchsetzten.

Unser Begleiter brachte mich und meinen Assistenten in die Lobby des Gebäudes und entschuldigte sich auf der Hälfte der Strecke abermals für den Ausfall des Lifts. »Ich habe mich fit gehalten«, sagte ich. So ein bisschen Treppensteigen mache mir nichts aus. Ich griff den schmalen Handlauf, umfasste ihn fast vollständig und berührte einen halb ausgehärteten Kaugummi. Glücklicherweise war es die linke Hand gewesen. Ich verschwieg es, schüttelte, unten angekommen, mit der unbefleckten Rechten die Hand des Staatssekretärs.

Draußen bat ich meinen Assistenten um ein Taschentuch. Beinahe wäre mir sein Name entfallen. Wolfgang war mir von der ständigen Vertretung Österreichs in der EU beigestellt worden. Angeekelt und daher besonders gründlich wischte ich mir die Fingerspitzen ab, war aber nicht sicher, ob sie sauber waren. Es war nichts zu sehen, doch ich meinte, immer noch ein Kleben zu spüren.

Wolfgang öffnete mir die Tür des gemieteten Wagens. Bei diesem schönen Wetter, sagte ich, wolle ich zu Fuß ins nahe gelegene Hotel gehen, er könne ruhig schon fahren. Es dauerte lange, doch konnte ich ihn endlich überzeugen. »Bis zum Abendessen«, sagte ich, winkte zum Abschied und spürte die Luft an den Fingerspitzen, die sich noch immer klebrig anfühlten, obwohl sie es nicht mehr waren.

War ich seltsam geworden im Alter? Mein mir bis gestern noch unbekannter Assistent könnte glauben, dass ich es war. Meine Einsilbigkeit, mein seltsam starrer Arm nach der Berührung mit dem Kaugummi, der obsessive Reinigungsversuch mit dem Taschentuch, meine Bitte zu Fuß zu gehen, das Winken. Hatte ich mich und hatte sich mein Umfeld daheim an mein seltsames Verhalten gewöhnt, war es in ihren und meinen Augen normal? Diese verlassene Straße in einer Stadt, die ich nur als Tagungsort kannte, flüsterte es mir jedenfalls ein. Ich wollte es überhören, versuchte, das mobile Internet auf meinem Handy zu aktivieren, da ich vergessen hatte, wo genau das Hotel lag. »Sonst nehme ich halt ein Taxi«, sagte ich laut und hielt mir die Hand vor den Mund. Schon wieder so eine Seltsamkeit.

Ich suchte nach einer besseren Ablenkung. Was waren die Sehenswürdigkeiten Luxemburgs? An einer Plakatwand studierte ich die Ankündigungen. Gab es in Luxemburg ein

Opernhaus? Ich wusste nicht viel über dieses Land. Das Haus Luxemburg hatte einige römisch-deutsche Kaiser gestellt. War es in den Weltkriegen neutral gewesen?

Unter der Premierenankündigung einer Oper Leonard Bernsteins wurde eine Ausstellung zur Hexenverfolgung in Luxemburg beworben. Beides erinnerte mich seltsamerweise an John. Drei Monate nach dem Tod seiner Frau bekundete ich ihm telefonisch mein Beileid. So spät und floskelhaft musste sich mein ehrliches Kondolieren für ihn noch schrecklicher angehört haben. »Your condolences«, wiederholte er wütend und fragte mich, ob ich überhaupt wüsste, wie seine Frau geheißen hatte. Von seiner Wut überrascht, fiel mir Ruths Name nicht ein. Ein böses Hin und Her folgte, an dem wir gemeinsam, so beschloss zumindest ich, die Schuld trugen und zu dem die schlechte Verbindung das Ihrige beitrug. Ob ich es nicht hätte erwarten können, fragte er hart, dass sie kalt unter der Erde liege. Dann legte er auf.

Diese letzte Frage beschäftigte mich einige Zeit. Als er meine Anrufe, meine Briefe ignorierte, ließ das aber wieder nach. In einsamen Momenten fragte ich mich, ob auch er gestorben war.

Jahre später rief er an. Mitten in der Nacht. Er habe den Zeitunterschied vergessen. In der Natur habe er sich wiedergefunden, seine Praxis geschlossen. Er heiße jetzt Punipakat. Das sei Mohegan und bedeute ungefähr ›Blätter fallen‹. Er hörte sich anders an. Glücklicher?

Seither hatten wir gelegentlich gesprochen, einander geschrieben. Sehen wollte er mich nicht. Zweimal war ich nach dem nächtlichen Anruf in New York gewesen, zweimal hatte er keine Zeit. Die Nähe verstärkte den Schmerz unserer Trennung.

Die Ausstellung war wenig besucht. Eine Schulklasse folgte einer Lehrerin, einem Lehrer und einer Museumsführerin, die Französisch sprach. Ich sah auf die Uhr. Es war noch lange hin bis zum Mittag. Wir sehen uns beim Abendessen, hatte ich Wolfgang gesagt. Oder war es das Mittagessen gewesen?

Im ersten Saal waren die Protokolle mehrerer Hexenprozesse hinter Glas zu sehen. Sie waren in einem antiquierten Neuhochdeutsch verfasst. Dicht gedrängt standen die hohen Buchstaben beieinander. Meine Nase berührte beinahe die Scheibe, entziffern konnte ich aber nichts. Ich trat einen Schritt zurück, las die Hinweistafel. Die nach physischer, psychischer Folter aus den Menschenkörpern herausgepressten Geständnisse glichen sich. Die Hexerei und die Urteile der Hexenprozesse wurden in der Öffentlichkeit diskutiert. Die Beschuldigten verwendeten unweigerlich Begriffe, die jenen ihrer Richter ähnlich waren. Überproportional viele Witwen, las ich auf der zweiten Hinweistafel, waren der Hexerei beschuldigt worden. Häufig aus Neid und Ertragsmotiven.

Im letzten Saal wurde der Fokus erweitert. Es ging um die Misogynie als Treiber des Hexenwahns und ihre Rolle in der weltweiten Klimakrise.

Die letzte Hochphase der Hexenverfolgung, las ich auf einer Infotafel neben einer Collage von Sonnendarstellungen, sei mit einer der Hochphasen der kleinen Eiszeit einhergegangen, in der man eine verringerte Sonnenaktivität hatte feststellen können, was zu geringeren Ernten geführt habe. Daneben hingen Darstellungen von Hexenfiguren aus Indien und Tansania. In diesen Ländern, erklärte eine Infotafel, würden Frauen heute gleichermaßen für Trockenperioden wie Überschwemmungen verantwortlich gemacht und als Hexen gebrandmarkt werden.

Das Gesehene begleitete mich hinaus ins Freie. Ich assoziierte weiter und landete über das Weltraumrecht, dessen Unvollständigkeit im Weltraumamt von allen beklagt worden war, bei einem *Perry-Rhodan*-Zyklus aus den 1970ern. Die

Erde war in einem weit entfernten Sonnensystem gestrandet, und die Strahlung des fremden Sterns ließ den Großteil der Menschheit an der Aphilie erkranken. A-philie. Ohne-Liebe.

Die Heftromane hatte ich mir aus Wien nach New York schicken lassen. Weder Jane noch John hatten davon gewusst. Ich war damals schon seltsam gewesen, dachte ich und kicherte. Es klang seltsam, verlor sich in der Weite eines großen Platzes, in dessen Mitte ich mich wiederfand. Wie war ich hierhergelangt? Ich ging zum schattigen Rand des Platzes, wo ich nicht auffallen würde, während ich die Orientierung und den Weg zurück zum Hotel am Handy suchte. Ich durfte mich nicht verspäten.

Einsatz – 2019

»Das chinesische Hallstatt ist das Gleiche wie die Chinesische Mauer in Minimundus, nur dass man halt in die Häuser reingehen kann. Oder wie die ganzen Chinesenzimmer in den Habsburgerschlosserln. Man erspart sich den weiten Weg und sieht trotzdem was Exotisches.«

»Ich hab ja nur gemeint, dass man dort leichter reinkommt.«

Die anderen Kunden beachteten den Mann nicht, der sich aufgeregt und die Stille des Reisebüros gestört hatte. Seine Frau umschloss die linke Faust mit der rechten Hand und rieb sie, als wollte sie sich wärmen. Sie saß neben ihrem Mann an einem Tisch, starrte die Rückseite eines flachen Bildschirms an und wartete.

Wie ich gehörten sie der Zielgruppe des Büros an, waren pensioniert und hatten zu viel Zeit. Die Mischung aus Ungeduld und Langeweile, die den Mann hatte laut werden lassen und die seine Frau erfahrungsgemäß gut verkraftete, kannte ich. Diese Mischung hatte mich nämlich aus der leeren Wohnung gezwungen. Otto besuchte Verwandte.

Aus einem Hinterzimmer drang die Stimme einer Frau. »Ich habs gefunden.«

Ich wandte mich wieder den Ständern mit den Broschüren zu, die vor den bernsteinfarbenen Fenstern der Auslage standen. Der aufgeheizten, wabernden Stadtluft verlieh das reife Gelb eine apokalyptische Nuance.

Die Mitarbeiterin kam mit einem Stapel Kataloge und breitete ihren Fund vor dem Ehepaar aus. Anstatt sich zu bedanken und die Kataloge durchzusehen, räusperte sich der

Mann, um Schleim aus der Kehle zu lösen und dann sagen zu können, dass das ja lange gedauert hätte.

Mir wurde es zu viel. Schnell zog ich eine Handvoll Broschüren aus einem Regal und ging hinaus in die angenehmere Apokalypse, die auf der Wollzeile aber doch nicht so angenehm war, sondern beengend. Schnell ging ich zum Stephansplatz, wo ich den vertrauten Geräuschmantel aus Stimmen, Hufgeklapper und Schritten hören wollte, der mich einhüllen, schützen sollte. Gab es aber eine Vertrautheit?

Einmal, es muss bei unserer zweiten Rückkehr nach Wien gewesen sein, lief nachts ein Film mit Burt Lancaster im Fernsehen. Jane war eingeschlafen, ich döste vor mich hin. Da war Lancaster so plötzlich wie in einem Traum nicht mehr in Washington, sondern in Wien. Und zwar auf der Baustelle der U-Bahn-Station Karlsplatz, wo er sich mit irgendjemandem eine Schießerei lieferte. Wo war ich während der Bauarbeiten gewesen? Sicher mehr in New York als in Wien. Die Wiener Häuserwände hatten im Film ungewohnt schmutzig ausgesehen. Dieser Anblick erinnerte mich vor dem Fernseher an die Frage Johanns, ob es möglich wäre, ein Land zu verstehen. Ich hatte Verstehen immer mit Wissen, Kenntnis gleichgesetzt. Kann man ein Land kennen, hallte die Frage meines Kollegen in mir nach, als Lancaster die Bedrohung fürs Erste abgewendet hatte. Dieses Echo der Frage erinnerte mich an Borges' Kartographen, der eine Karte im Maßstab 1:1 zeichnet. Um Wien 1:1 zu kennen, hätte ich auch jedes Haus betreten, jede Wohnung, jedes Zimmer abschreiten müssen, jede Lade öffnen, jedes Dach besteigen.

Die Erinnerung an diese Erinnerungen machte mich schwindlig. Ich sah keine Sitzgelegenheit, nur die U-Bahn-Station. Untertage war es stickig, aber weniger heiß. Das würde die meisten Touristen an die Oberfläche treiben, hoffte ich. Bei der Herfahrt war es mir so ergangen.

Die Rolltreppe brauchte lange. Ich hielt mich am mitfahrenden Handlauf fest. Der Gummi fühlte sich klebrig an. Müsste ich auch alle U-Bahn-Stationen, alle U-Bahn-Schächte, die Kanalisation abgehen, um die Stadt ganz zu verstehen, sie zu kennen? Ich ging in eine Bäckerei und konnte mich gerade noch rechtzeitig auf einen Stuhl setzen. Im Ausatmen sackte ich ein, senkte den Kopf.

Eine Mitarbeiterin verließ ihren Platz hinter der Theke, fragte, ob ich etwas trinken wolle. Ich erkannte, es gab keine Tischbedienung. Peinlich berührt, aber auch gerührt von ihrer Hilfsbereitschaft bestellte ich einen Cappuccino. Sie brachte ihn mit einer Flasche Wasser.

Der Kaffee war zu heiß, das Wasser zu kalt. Ich würde warten müssen und suchte nach Ablenkung. Durch die automatischen Schiebetüren sah ich ein Poster für die »3. Mann«-Tour. Im Film hatte Orson Welles die Stadt gut gekannt, war durch die Kanalisation geflüchtet. Unscharf erinnerte ich die Bilder des Films. Ich wollte sie sehen. Das Plastik der Flasche war feucht gewesen. Zweimal musste ich meinen Daumen abtrocknen, bis mein Handy mich erkannte. Meine Gedanken rasten. Über die Bilder kam ich auf den Wikipedia-Artikel. Paul Hörbiger konnte kein Englisch und lernte seinen englischen Text phonetisch. Die Litfaßsäule, durch die Harry Lime die Kanalisation erreichte, war eine Attrappe. Teile der Verfolgungsjagd wurden in der Londoner Kanalisation gedreht.

Vor Jahren waren wir Harry Limes Spuren gefolgt. David hatte die Tour nicht gefallen. »Es stinkt«, beschwerte er sich. »Das musst du aushalten«, sagte ich. Sofort entschuldigte ich mich bei ihm und Paul für diese Bevormundung. Ich hätte ihnen mal etwas anderes zeigen wollen, erklärte ich, wisse aber auch, dass man bleibende Erinnerungen oder gar prägende nicht erzwingen könne. Sie nickten. Hatten sie verstanden, was ich meinte?

Vom Luftschutzkeller im Stadthaus erinnerte ich nur den staubigen Boden, die Ziegel, die zur Hälfte roh geblieben waren, die Sitzbänke aus dem Innenhof, auf denen Ahornsamen in den Keller gelangt waren. Diese Details ließen kaum Platz für andere Bilder. Die Gesichter der Eltern etwa oder die ihrer Mieter. Das Weiß der Augen glänzte, zitterte im brackigen Licht von Flamme und Elektrizität. Es war schwach, die Schatten waren stärker. Oder war gerade das ein Zeichen einer besonders tiefen, bleibenden Prägung? Das Interesse, das ich zeigte, als ich für die Kinder im Haus die Ahornsamen vor den Augen ihrer Eltern herabtaumeln ließ.

Das Wasser war kalt, der Kaffee kühl genug. Ich trank einen Schluck, holte die Reisebroschüren aus den Taschen meines Sakkos. Einige waren geknickt. Busreise nach Lourdes. Karibikkreuzfahrt. Eine Broschüre war größer als die anderen. Bezauberndes Bhutan.

Auf grobkörnigen Fotos bestaunte ich schöne Landschaften, freundliche Menschen. Natürlich wurden auch Gummibootfahrten und Mountainbiketouren angeboten. Die Länder blieben gleich, die Anfrage stieg, weshalb das Angebot in jedem Land diversifiziert werden musste. Auch im kleinen Bhutan, das sich, wie ich las, erst seit wenigen Jahrzehnten dem Tourismus geöffnet hatte. Vage erinnerte ich mich, dass die österreichische Entwicklungshilfe Bhutan Anfang der 1980er ein Dutzend Haflingerpferde zur Verfügung gestellt und Stipendien an Bhutaner für Studienaufenthalte in österreichischen Fremdenverkehrsschulen vergeben hatte. Wir hatten das Potential schon früh erkannt. Oder ausgenutzt. Bhutan gelte als glücklichste Nation der Erde, las ich weiter, und messe seinen Erfolg als Nation nicht an einem Bruttosozial-, sondern an einem Bruttoglücksprodukt.

Glück war ein gutes Produkt. Man konnte Wege zu ihm anbieten, ohne sich rechtfertigen zu müssen, wenn ein Kunde nicht hinfand. Unglückliche Menschen würden sich meist selbst die Schuld daran geben und sich eher dafür schelten, sich verlaufen zu haben, als den schlechten Wegweisern die Schuld an Irrwegen zu geben.

Ich hasste diesen Zynismus an mir und versuchte schon seit Jahren ihn zu bekämpfen.

Aus *Die Brüder Karamasow* hatte ich gelernt, vor dem Einschlafen allen Menschen, denen ich am vergangenen Tag, virtuell und real, begegnet war, zu wünschen, an diesem Tag zumindest einen Moment des Glücks erlebt zu haben. Das zwang mich zu fragen, was für andere Menschen Glück bedeuten könnte. Nicht aber die Antworten anzuhören. Der Zynismus siegte.

Vor zehn Jahren hatte Jane sich von mir getrennt. Unsere zweite Rückkehr nach Wien war für sie nicht endgültig gewesen. Nach einem langen, beiderseits ungerührt ertragenen Auseinanderleben hatten wir in Wien zwar wieder zueinander gefunden, für unsere Beziehung war das aber zu spät gewesen. Von meinem geliebten Wien ging sie zurück in ihre Staaten.

Liebte ich Wien noch, ohne sie? War ich unglücklich, einsam? Wären wir anderswo glücklicher geworden, wenn wir länger an einem Ort geblieben wären, ihn besser kennengelernt hätten? Diese Frage war unehrlich. Wir hatten auf jedem meiner Posten genug Zeit gehabt. In New York wie in Genf mehr als zehn Jahre. Das hätte reichen müssen. Es musste an uns gelegen haben. Nein, an mir. Wie nobel, diese Einsicht.

Aus einer ähnlichen Erkenntnis hatte ich David gestern vorgeschlagen seinen Sommer mit mir in Sydney zu verbringen, wo sein Vater unterrichtete. Mein Enkel lehnte dieses Angebot wie die anderen zuvor ab. Er sagte, ich dürfe mir den langen Flug in meinem Alter nicht mehr antun. Ich und sein Vater müssten ihn nicht bestechen. Er liebe uns um unserer selbst willen, wolle uns sehen, habe im Sommer aber zu viel zu tun, um auf längere Reisen zu gehen, egal, wohin sie gingen. Ich sagte, er müsse fahren, wenn er uns wirklich liebte. Er legte auf.

Ich war ungeduldig. Das Glück, das ich vorbehaltlos allen Menschen wünschte, würde mir vorenthalten bleiben, weil ich zwar glaubte, viele Weg zum Glück zu kennen, aber nicht wusste, welcher der richtige war, mir keine Zeit mehr blieb, sie alle auszuprobieren.

Der Cappuccino war kalt. Bhutan also.

In der leeren Wohnung wartete ich wie immer bis drei Uhr nachmittags mit dem Anruf. David studierte an der Ostküste. Samstags schlief er länger. Länger als ich für angemessen hielt. Dass ich ihn nie gleich erreichte, jedes Mal die Sprachbox bekam, hatte mich noch nicht dazu gebracht, später anzurufen.

»Hallo«, sagte ich. Die Bhutan-Broschüre lag vor mir auf der Laptoptastatur.

»Ja«, fragte David müde, ahnend, ich würde ihm einen Urlaub vorschlagen. Er hatte recht. Das war mir peinlich. Ich schwieg.

Das Warten auf den Anruf hatte ich zur Recherche genutzt. Ich hatte günstigere Hotels als in der Broschüre gefunden, weniger günstige Flüge und einen Artikel, der mutmaßte, Bhutan habe das Bruttoglücksprodukt erfunden, um westliche Reiseredakteure ins Land zu locken. Die hätten von der schönen Landschaft und den glücklichen Leuten geschwärmt, was zu einem rasanten Anstieg der Nächtigungszahlen geführt habe. Und das, nachdem sich der alte König noch gegen einen Massentourismus wie im benachbarten Nepal ausgesprochen habe. Das sei aber zu einer Zeit gewesen, in der man sich in Bhutan generell gegen Nepal gestellt und mithilfe menschenrechtsverletzender Gesetze angefangen habe, ursprünglich aus Nepal stammende Minderheiten aus dem glücklichen Land zu werfen, das sie mit aufgebaut hatten. Das wusste mein Enkel bestimmt nicht. Schwieg ich, damit ich mich nicht verplauderte?

»Hallo«, fragte David. »Bist du noch da?«

»Ja, ja«, sagte ich und fand eine Ausrede, »ich hab mein Brillenetui fallen lassen. Es ist unter den Tisch gesprungen. Im Alter geht das Aufheben nicht mehr so schnell.«

»Okay.« David klang wacher, besorgt. Ein toller Anfang. Ich starrte die Broschüre an.

»Warum ich anrufe«, sagte ich und zögerte. »Ich wollte mich für gestern entschuldigen.«

David lachte. »Kein Problem. Ich kenn dich ja. Warum besuchst du mich nicht mal«, drehte er den Spieß um. Ich parierte und fragte, für wann ich buchen sollte. Er lachte. Wir unterhielten uns noch eine halbe Stunde. David versprach, mich im Jänner zu besuchen. Weihnachten verbringe er bei seiner Mutter.

»Sagst du Jänner mir zuliebe?«

»Bestimmt. Es reimt sich ja mit Vienna.«

Ich lächelte. Vor dem Einschlafen wünschte ich David seinen Moment des Glücks für diesen Tag. War es unser Gespräch? Es war mein Moment.

Wachsen – 2020

»Die Grössern richten solche Suppen an, und die Kleinern müssen sie aufessen.« Haben die Kleineren keinen freien Willen? Ich weiß es nicht. Mein Großvater hat diesen Satz im Buch eines gewissen Ulrich Bräker mit Bleistift unterstrichen und »Motto?« an den Rand geschrieben. Mit Kugelschreiber hat Peter, wie ich meinen Großvater nennen sollte, den Satz auf einen karierten Zettel geschrieben und ihn ins Buch gelegt. Seine kantige Handschrift ist gut lesbar. Sein Kopf hat auf dieser Seite gelegen, als ich ihn fand. Ich will nicht daran denken, klappe das Buch zu.

Bis auf eine Reihe sind die Regale der Bibliothek leer. Rechts von mir stehen Peters Tage- und Notizbücher neben einigen Romanen und Lyrikbänden. Auch in ihnen stecken Zettel. Die meisten liegen aber in mehreren Dokumentenablagen. Sie verteilen sich auf zwei Campingtische, deren Schmalseiten ans Regal geschoben wurden. Zwischen ihnen sitze ich auf einem Küchenstuhl. Bis gestern hat Peter in seinem Rollstuhl hier gesessen. Der Schreibtisch sei zu hoch, sagte er und musste es an der Seite des Tisches demonstrieren, da die breiten Schubladen unter der Schreibfläche keinen Platz für die Räder ließen. Die Schreibfläche reichte ihm fast bis zum Schlüsselbein.

»Ich bin klein in letzter Zeit«, steht auf dem obersten Zettel in einer der Ablagen. Er trägt das Logo einer Hilfsorganisation. »Die letzte Zeit? Verletzte Zeit. Die Leiter hat gewackelt, war mit mir umgefallen und ich hab mir das Bein gebrochen.«

Nach seinem Unfall Anfang Dezember war Peter in die

Wohnung im Parterre gezogen. Seit drei Jahren findet sie keinen Mieter. Die meisten anderen Erdgeschoße der Straße sind Geschäfte: Schuster, Installateure, Schlüsseldienste, Gemüsehändler, Kaffeehäuser. In den Augen von Wohnungssuchenden sind das wohl keine guten Nachbarn. Am hohen, stetig steigenden Mietpreis könnte es auch liegen, dass Privatpersonen sich diese Wohnungen nicht leisten können.

Er verstehe es nicht, sagte Peter und führte mich durch sein neues Zuhause. Hier unten sei die Geschichte des Hauses am deutlichsten zu spüren. Bevor seine Eltern Anfang der 1930er in die oberen Stockwerke des in der Gründerzeit erbauten Hauses gezogen seien, hätten seine Großeltern ihre Gäste in den beiden zusammengelegten Wohnungen des Parterres empfangen. Er selbst habe das zwar nicht erlebt, erinnere sich aber an einen, vielleicht den ersten Besuch des Stadthauses, zu dem er seine Eltern begleitet habe. Die Möbel in Speise- und Rauchzimmer, im Salon und der Bibliothek des Parterres seien mit Leintüchern verhangen, diese und die Böden staubig gewesen. Das alte Bodenwachs sei unter dem Staub stumpf geworden. Beim nächsten Besuch sei das Parterre bereits in zwei Wohnungen geteilt gewesen, die ihre eigenen Klingeln und Postkästen gehabt hätten. Auch einen ersten Mieter hätte es gegeben, dem sie auf dem Weg hinauf begegnet seien.

In seinem jetzigen Zustand sei das Parterre perfekt für ihn, sagte Peter und fuhr mit seinem Rollstuhl durch die breite Tür vom Flur in die Bibliothek. Er könne sich alleine, ohne die Hilfe Ottos oder die seiner Pflegerin Anita durch die Zimmer bewegen. Ich verstand nicht, was er meinte. Die Türen in seiner Wohnung im zweiten Geschoß sind nicht viel schmäler als jene im Parterre. Das Manövrieren mit dem Rollstuhl hätte ihm keine Probleme bereitet. Selbst in der Bibliothek nicht, wo es zwischen den Büchern, die sich auf dem Boden stapeln, immer noch genug Platz gegeben hätte. Vielleicht wollte er Otto das Treppensteigen ersparen. Eine Arthrose im linken Hüftgelenk zwingt Peters Partner der letzten Jahre einen Stockschirm zu tragen, der ihm peinlich ist. Vor dem Unfall hat Peter daher meist Otto besucht.

Seine Residenz hier unten werde nur von kurzer Dauer sein, meinte Peter am Ende der Führung. Er hat recht behalten. Keine fünf Wochen hat er hier gelebt.

Meine Nüchternheit erschreckt mich. Ich schiebe sie auf die Müdigkeit, das Resultat einer kurzen Nacht, und damit weg von mir, diese Nacht hinterher. Verkehrt lege ich den Zettel auf den Campingtisch, nehme den nächsten. Er ist kariert, an einer Seite gelocht.

»Erinnerungen verklumpen sich in meinem Hirn, machen es schwer. Es fällt aufs Herz.«

Ich würde die Zettel gern nach Zusammenhängen ordnen, lasse es aber. Vielleicht hat Peter sie ja geordnet, als er sie in die Ablagen gelegt hat. Ich will es herausfinden, lege den zweiten Zettel umgedreht auf den ersten und nehme den dritten von derselben Ablage. Er ist liniert, am oberen Rand sind die Zacken einer Perforation zu erkennen.

»Im ersten Lesen war es mir zusammenhanglos erschienen. Im zweiten Durchgang ist mir jetzt wieder eingefallen, dass ich diese Zusammenhanglosigkeit geplant habe. In dieser Lesart ist es aber wiederum zu kohärent. Mein Leben liest sich nicht zerbrechlich genug. Der Zweifel müsste deutlicher zu erkennen sein.«

Das gibt mir Hoffnung. Sie erschöpft sich aber bereits nach rund dreißig Zetteln. Eine Ordnung ist zumindest in dieser Ablage nicht zu erkennen. Ich müsste sie schaffen, liefe dann aber Gefahr, einen Fehler zu machen. Enttäuscht lege ich die durchgesehenen Zettel zurück in die Ablage und ziehe eine andere näher zu mir heran. Das ist schwierig, weil ein Drucker und Peters Laptop kaum Platz zum Manövrieren lassen. Auf dem Laptop liegt ein dicker Bindfadenumschlag, auf den der Name »Jane« geschrieben steht. Er muss Peters Autobiographie oder eine Version davon enthalten. Die eine volle Reihe im Bücherregal und die Ablagen müssen das Rohmaterial enthalten. Ich könnte ganz einfach sicher gehen, den Umschlag öffnen, ohne Spuren zu hinterlassen, ihn wieder mit dem Faden verschließen. Doch Peter hat meine Großmutter als Erstleserin auserkoren. Diesen Wunsch will ich respektieren.

Der Betrieb hat an meiner Uni schon am 2. Jänner begonnen. Ich habe mich aber zum Missmut meiner amerikanischen Professorinnen wie letztes Jahr bis zum 10. entschuldigt, die Ferien europäischen Standards angepasst, wie mein Vater meinte. Ob ich sie dieses Jahr bis zum Martin Luther King Day verlängern kann? Oder wie lange dauern die Vorbereitungen für ein Begräbnis? Ich muss das heute noch herausfinden.

Meine Großmutter muss Vertretungen für ihre Kurse organisieren, die sie trotz ihres hohen Alters noch gibt, geben darf, wie sie bei meinem letzten Anruf gesagt hatte. Ihren Tonfall bei dieser Anfügung konnte ich nicht deuten. Frustration, Sarkasmus, Galgenhumor? Das sei nicht leicht in einer so kleinen Uni, sagte sie am Telefon, verlor sich in administrativen Details. Wie hat sie geklungen? Ich weiß es nicht mehr, obwohl seither nur wenige Stunden vergangen sind. Ihre Stimme veränderte sich, als sie fragte, ob ich meinen Vater erreicht hätte. Er sei auf dem Weg, konnte ich ihr sagen, bevor die Tränen kamen. Ihre, meine, unsere.

Ich verschränke die Arme, wie um die Erinnerungen nicht an mich heranzulassen. Die Pulloverärmel sind kühl. Das Reiben der Hände an den Oberarmen hilft kaum, ist nur laut in der Stille, die mir zu deutlich macht, dass ich allein in der Wohnung bin. Wie gestern.

Stammelnd versuchte ich Otto zu erklären, was ich in der Bibliothek gesehen hatte und dass mir die österreichische Notfallnummer nicht eingefallen war. Durch den Türrahmen beobachtete ich die Arbeit der Notärztin, der Sanitäter, Ottos schimmernden Blick. Gelegentlich verschwamm auch meine Sicht. Die weggewischten Tränen waren kaum zu spüren auf den Fingern, die vor Nervosität klamm waren. Otto begleitete Peter ins Krankenhaus. Nach Mitternacht rief er an. Zweimal musste er sich vor dem kurzen Satz räuspern. Ich hatte das Licht im Parterre ausgeschaltet. Vorbeifahrende Autos ließen Schatten über mich huschen. Otto räusperte sich ein drittes Mal. Ich konnte nichts sagen.

Heute früh hatte er die Zeitungen auf den Couchtisch im Salon gelegt und musste mich sanft an der Schulter rütteln, um mich zu wecken. Er habe im zweiten Stock geläutet, mich dort geglaubt. Peter habe ihm nur einen Schlüssel fürs Parterre gegeben. Er brauche einige Dokumente für Peters Anwalt, die Bank, die Versicherungen, das Finanzamt, die Zulassungsbehörde, müsse zum Standesamt und dem Bestattungsunternehmen, das Peter ausgesucht habe. Er schloss die roten Augen. Die Lider zitterten. Tief atmete er ein, was seine Schultern hob, seinen gekrümmten Körper aber nicht aufrichten konnte. Nach dem Ausatmen musste er sich schnäuzen.

Erst dann begriff ich in meiner Schlaftrunkenheit wie Ottos Liste von Erledigungen, sein unrasiertes Gesicht, auf dem ein Fetzen des Taschentuchs in den Bartstoppeln hängen geblieben war, mit gestern Nacht zusammenhingen, spürte den Schmerz wieder, mit dem ich eingeschlafen war. Über Nacht war ich nicht zugedeckt gewesen. Die Brust war kalt, der Rachen schmerzte, die Nase rann, mein Kopf war schwer. Ich wollte helfen, wusste aber nicht sofort, wo der Schlüssel war, musste ihn suchen. Otto schnäuzte sich ein zweites Mal. Ich sah zu ihm. Er blinzelte, schloss die Augen wieder. Seine Unterlippe schob sich nach oben und zitterte. Meine Unterlippe ahmte das nach. Ich zog den Rotz auf, biss auf die Unterlippe, um das Zittern zu stoppen.

Endlich fand ich den Schlüssel. Als ich sah, wie schwer Otto ging, wollte ich für ihn hinaufgehen, doch er lehnte ab. Zu erklären, was er suche, würde zu lange dauern. Zehn Minuten später brachte er den Schlüssel zurück. An die Brust drückte er eine lederne Kuriertasche. Er habe alles gefunden, sagte er, wisse aber nicht, was er jetzt tun solle. Den Anwalt anrufen, vermutete er nach einer Weile. Am Weg zur Wohnungstür kamen wir an der Bibliothek vorbei. Er blieb kurz stehen, bemerkte den Rollstuhl. Vielleicht könnte ich, begann er und unterbrach sich. Nein, sagte er, er werde zuerst beim Verleiher anrufen, den Rollstuhl und das Pflegebett abholen lassen. Am besten noch heute, wenn es mir nichts ausmache. Ich schüttelte den Kopf. Zum Abschied wollte ich ihn umarmen, glaubte, er wolle es auch, doch gaben wir uns nur die Hand. Seine war warm, meine war kalt.

»Ich muss herausfinden, worum es geht. Gehen soll. Kann«, schreibe ich in Blockbuchstaben auf eine Seite des Papiers, das ordentlich gestapelt neben dem Drucker liegt. Ich zerknülle es, werfe es in den leeren Papierkorb unter dem Tisch und bemerke den Aktenvernichter daneben. Das ist besser. Ich fische das Blatt aus dem Korb. Bevor ich es schreddern kann, muss ich es erst wieder glatt streichen. Die Schnipsel fallen in den Auffangbehälter. Elektrostatik hält einige an der Innenwand fest. Ich versuche sie zu entfernen. Sie springen von meinen Fingern, legen sich an anderer Stelle wieder ans Plastik oder fallen hinunter zu Peters Schnipsel. Das geschieht seltener.

Durch das lange Vornüberbeugen hat sich das Blut im Kopf gesammelt, ihn noch schwerer gemacht. Ich richte mich auf, fühle einen Schwindel und höre alles gedämpft, als ob ich Watte in den Ohren hätte. Oder ist das eine weitere Folge der

Nacht? Ich reiße die Augen auf, schließe sie, lasse die Brauen aber gehoben. Ein unangenehmes Gefühl, als ob gleich etwas reißen würde. Ich kneife die Augen zusammen, öffne sie und Sterne explodieren irrlichternd. Im Starren auf Peters Laptop verblassen sie langsam.

Seine Autobiographie müsste darauf zu finden sein. Die Vermutung hallt dumpf in meinem benommenen Kopf nach. Die Watte in den Ohren wird spröde, durchlässig, die Echos werden stärker, das Denken wird klarer, mit ihm das Problem: Ich kenne das Passwort nicht.

Das Telefon läutet. Es liegt im Salon. Peter hat den Empfänger des kabellosen Geräts aus dem zweiten Stock mitgenommen. Anita muss es alle paar Tage oben aufladen und den zweiten Empfänger mit hinunternehmen. Otto musste sie informiert haben. Sie ist nicht gekommen.

»Warum hast du dein Handy ausgeschaltet?«, fragt Otto. Es liegt auf der Couch. »Morgen Nachmittag habe ich einen Termin beim Anwalt.« Otto fasst den Anruf zusammen. Er klingt müde. Um alles abschließen zu können, müssen mein Vater und meine Großmutter anwesend sein. »Der Verleiher«, sagt Otto schnell, um von diesem Abschluss abzulenken, »wird heute noch kommen. Gegen Mittag.«

»Kennst du das Passwort für Peters Laptop?« Otto klingt verwirrt. »Ist nicht wichtig«, wiegele ich ab. Eine Pause. »Ich komme heute Abend nochmal vorbei, wenn du willst. Wenn du reden willst.« Ich schlucke schwer und bedanke mich stotternd. Habe ich dem Besuch zugestimmt? Ich weiß es nicht.

Er muss glauben, Peters Tod kümmere mich nicht; der Tod meines Großvaters. Das kann nicht stimmen. Ich will mich ja von ihm ablenken, was bedeutet, er bekümmert mich. Oder?

Am Fenster fährt ein Tross Autos gleicher Marke und Bauart vorbei. Ist das die neue Regierungsmannschaft, die laut den Zeitungen in einer Stunde angelobt wird? Ich kann mich weder an ihre Namen noch an die Gesichter erinnern, wie ich auch die österreichische Geschichte nur in Stichworten und Anekdoten kenne. Im Herbst, erzählte Peter etwa, habe ein Schweizer Lokalpolitiker Vorarlberg angeboten mit seinem Kanton zu fusionieren. In Vorarlberg habe das für Diskussionen gesorgt. Ernsthafte, fügte Peter lachend an. Daraus geworden sei natürlich nichts.

Mein österreichischer Reisepass läuft demnächst ab. Die Unterschrift neben dem Foto meines jüngeren Ichs könnte ich nicht mehr fälschen. Wird meine aktuelle Unterschrift auf jenen Dokumenten gültig sein, die ich Otto zufolge unterschreiben muss?

Zurück in der Bibliothek schließe ich die Tür. Ich will mit meiner Arbeit weitermachen. Arbeit komme von Leiden, sei verwandt mit Erbe, sagte Peter noch im letzten Jahr laut zu sich selbst. Ein gelbes Post-it, dessen Klebefläche nicht mehr klebt, weil sie voller Bleistiftspitzerspäne ist, fällt zu Boden. Habe ich mich zu schnell bewegt, zu schnell gesetzt? Egal, was es war: es nimmt mir die Entscheidung ab, welche Dokumentenablage ich als Nächstes durchsehen soll.

»Das Gewicht der Jahre drückt den Schwamm aus, wenn er zuvor nicht schon ausgetrocknet ist. Ein falsches Bild des Gedächtnisses?«

Ich kann mich noch an alle Besuche bei Peter erinnern. Das ist nicht schwer, weil es wenige waren. Wenn es so weit war, wurde meine Mutter nervös, was mich nervös machte. Seine Kälte, sagte sie, als ich älter war, sei ihr unangenehm, seine vornehme Herablassung. Ich hatte ihn nie so wahrgenommen. Er sei an allem interessiert gewesen und deshalb schnell abgelenkt, hielt ich meiner Mutter zu Weihnachten bei ihren Eltern entgegen. »Wie du«, erwiderte sie.

»Stockhausen nannte die Anschläge des 11. September das größte Kunstwerk, die Tochter Hobsbawms einen grotesken

PR-Stunt, die Enkelin Toynbees einen spektakulären Schlag gegen den großen Satan.«

Der Zettel ist eine Karte aus schwerem Papier. Einzelne, hellbraune Holzfasern sind zu erkennen. Waren meine Großeltern damals in New York? Ich wende mich nach rechts zum Regal, suche das passende Tagebuch. Wie den Bindfadenumschlag wollte ich sie geschlossen lassen. Die Neugier ist stärker. Für den 11.9. gibt es keinen Eintrag. Für den 12. schon.

»Wien. Den ganzen Tag windig. Kaum Sonne. Gestern keine Worte für Anschlag in New York gefunden. Anan hat recht: vernünftige Lagebeurteilung wichtiger denn je. Den ganzen Tag abgelenkt von der eingebrannten Bilderfolge: Das Flugzeug verschwindet hinter dem rauchenden Nordturm, einen Augenblick die Hoffnung, es fliege am Südturm vorbei. Wann mit Jane und Paul dort oben? Muss das Foto finden.«

Ich blättere zum Anfang des Bandes. Durch die Kürze der Einträge und die geringe Schriftgröße vergehen zwei Jahre. Ich finde meinen Geburtstag, ein Wort.

»Großvater!«

Mit Tränen an den Fingern stelle ich das Tagebuch ins Regal, lege die beiden Zettel in ihre Ablage. Das war der falsche Weg. Ich schiebe die Ablage heftig weg, stoße das Buch Bräkers fast vom Campingtisch, kann es aber noch auffangen. Es ist eine Autobiographie, lese ich am hinteren Umschlag, kein Roman. Die Seite, auf der Peter lag, ist nicht mehr zu erkennen. Der Buchschnitt ist glatt. Weiter hinten, dort, wo ein Zettel steckt, schlage ich es auf.

»Es ist ein Wirrwarr aber eben meine Geschichte«, schreibt Bräker. Peter hat es unterstrichen und abgeschrieben. Wieder teilen sich Bleistift und Kugelschreiber diese Aufgaben. »Motto?« steht am Rand.

Den Kugelschreiber habe ich nicht auf den Campingtischen gefunden. Möglich, dass Otto ihn ins Krankenhaus mitgenommen hat. Er fragte den Notarzt, ob er etwas unterschreiben müsse. Die Antwort habe ich nicht gehört. Ich werde Otto nicht danach fragen. Vielleicht findet er den Stift in ein paar Wochen, erinnert sich an Peter. Diesen Grund bräuchte es aber nicht. Er wird sich ohnehin erinnern.

Den Bleistift entdecke ich im Regal. Er hält eine Stelle in den gesammelten Gedichten Gerard Manley Hopkins' offen. Ihn kenne ich aus einem Seminar. Peter hat die ersten Zeilen von *The Windhover* unterstrichen. »I caught this morning morning's minion king- / dom of daylight's dauphin, dapple-dawn-drawn Falcon«.

Auf einem karierten Zettel werden die Zeichen unter dem Zitat von Zeile zu Zeile immer ausladender. Der letzte Satz hat gerade noch Platz. »Das Fenster in den Hof. Der Ahorn. Bunte Blätter. Keine Vögel heute. Turmfalken haben einmal unter dem Dach genistet. Der Winkel ist zu steil, um die Stelle von hier unten erkennen zu können. Einmal spazierten wir im Stadtpark. Paul, ich. Ein Turmfalke auf einer Laterne. Ich wollte ihn Paul zeigen. Der Falke bemerkte meinen Blick, flog davon. Das Bild eines amerikanischen Turmfalken über dem Bett im Brooklyner Hotel. Einmal war geputzt worden. Das Bild lag am Bett. Der Umriss seines Rahmens auf der Tapete. Im Krieg wurde in Zeitungen zum Federnsammeln aufgerufen. Für Bettzeug. Einmal lag ein toter Turmfalke in den Trümmern. Verstaubtes Gefieder. Ich ließ ihn liegen.«

Der letzte Satz überschreibt das Logo einer Partei. Offensichtlich ein Wahlgeschenk. Wann war die Nationalratswahl? Warum hat Peter für seine Gedächtnisprotokolle so unterschiedliches Papier verwendet, sie so weit verstreut?

Ich nehme *Sämtliche Gedichte* von Tomas Tranströmer aus dem Regal. Ein linierter Zettel markiert das Gedicht *Die Galerie*. »Motto?« steht neben einer unterstrichenen Zeile: »Es ist sein Leben, es ist sein Labyrinth.«

143

»Für Labyrinth spricht«, erinnert sich Peter, »dass mich dieses Wort mit Paul verbindet. Eine vergessene, unbemerkte, aber wahre, schöne Verbindung. Paul hat sie mir am Telefon erzählt. Gestern, vorgestern. Im Französischen, hätte ich ihm als Kind beigebracht, gibt es mit labyrinthe und dédale zwei Wörter für Labyrinth. Ort und Erbauer können dasselbe bedeuten, soll ich gesagt haben. Er habe das nie vergessen.«

Eben habe ich im Bräker eine ähnliche Stelle überflogen, die Peter unterstrichen hat. Der unlinierte Zettel hat ein Eselsohr.

»Wollte Gott«, schreibt Bräker, »ich könnt' euch mit Wahrheit sagen, ihr hättet die guten Eigenschaften eurer Mutter und die bessere Seite euers Vaters geerbt. Aber ich muß mit Wehmuth sehen, daß ein Gemisch von ihr und mir – und leider vom schlimmern Theil – ein Gemisch von ihrem cholerischen Blute und meinen sinnlichen Säften, in euern Adern rollt.«

Peter hat diese Stelle nicht abgeschrieben. Das »Motto?« am Seitenrand ist durchgestrichen. Die Verbindung, die ich glaubte erkannt zu haben, ist keine. Trotzdem will mein schwerer, sturer Kopf eine neue Verbindung, eine Ordnung herstellen.

Im Zug von Düsseldorf, im Taxi vom Bahnhof zu Peters Haus, in der halben Minute vor der Haustür fragte ich mich, ob die Wirklichkeit Peters Bild entsprechen würde, das ich von den Videoanrufen kannte, die wir seit seinem Unfall führten. Anita öffnete die Tür. Otto brachte mich in den Salon, in dem Peter noch kleiner wirkte als auf dem Bildschirm. Mein Herz zog sich zusammen. Das durfte ich Peter nicht merken lassen. Ich beugte mich zu ihm hinunter, umarmte ihn. Peter stöhnte. Ich wich zurück, wollte ihm nicht wehtun. »Freut mich, dass du es geschafft hast.« Verschwand sein Lächeln, als er meine Tränen sah? Ich erklärte sie mit der klirrenden Kälte draußen. Wir sprachen über meine Fahrt, das Wetter, nicht über ihn. Am nächsten Vormittag zeigte er mir eine ältere Zeitung. Anita habe einen ganzen Stapel aus der oberen Wohnung mitgebracht und gefragt, ob sie wegzuschmeißen seien. Er habe verneint und die Zeitungen durchgesehen. Es sei ihm zwar nicht mehr eingefallen, warum, aber er musste sie alle aus einem jeweils bestimmten Grund aufbewahrt haben. Es musste so sein, aber die Gründe wollten ihm nicht einfallen. Er schaute von der Titelseite der Ausgabe, die er mir zeigen wollte – »Schwerpunktausgabe Familie«, »Grüner Unmut über Türkis«, »Der Genderstern« –, auf zu mir und schien vergessen zu haben, was er sagen wollte, nicht aber, dass er etwas hatte sagen wollen. Seine Lippen bebten, entließen ein Seufzen. Wieder zog mein Herz sich zusammen. Da fiel es ihm ein. Beim Durchblättern dieser Zeitung habe er den eingekreisten Bericht über Friederike Mayröcker entdeckt. Die mir unbekannte Dichterin habe einen Teil ihres Vorlasses an die Österreichische Nationalbibliothek verkauft. Peter sei damals beim Lesen des Berichts ein Gedicht Mayröckers eingefallen, das er in den Bänden in seiner Bibliothek aber nicht habe finden können. Deshalb habe er Mayröckers *Gesammelte Gedichte* in einer Buchhandlung bestellt. Nach dem Sturz habe er das vergessen. Jetzt sei ihm das alles wieder eingefallen, aber zu spät, sagte er und wirkte so verloren, dass ich mein Herz schon wieder oder noch weiter schrumpfen spürte. Ich könne für ihn das Buch abholen, sagte ich, kämpfte gegen die Tränen an. Seine Augen leuchteten. »Danke«, flüsterte er. Die Tränen kamen nicht, aber ich schniefte. Peter hörte es nicht. Ich hatte die Bibliothek schon verlassen.

Viele Zettel stecken nun in diesem Buch. Einer ist der ausgeschnittene Artikel, der seinen Kauf angeregt hat. Mayröckers mit Zetteln übersäte Wohnung sei legendär, lese ich. Peter war in den Erzählungen meiner Mutter sehr ordentlich.

Das sei ein Grund gewesen, warum sie vor unseren Besuchen so gestresst war, gestand sie, als ich Peter vor drei Jahren zum ersten Mal alleine besuchte. Ich soll als kleines Kind beim Füttern gepatzt haben, als etwas größeres beim Spielen unbändig gewesen sein. Leugnen kann ich es nicht. Unsere kleine Wohnung zeugt noch davon. Die Spuren an den Wänden sind mit mir gewachsen oder über mich hinaus: meine Körpergröße plus meine ausgestreckten Hände.

Solche Spuren trägt Peters Wohnung im zweiten Stock nicht, doch kommt sie mir im Vergleich mit meinen Erinnerungen unordentlicher vor. Nicht nur die Bibliothek. Bücher seien sein größtes Laster, sagte er in den letzten Tagen öfters, er klang stolz dabei. Anita sagte, sie habe aus dem Schrank im Gästezimmer stapelweise Bücher holen müssen, damit ich meine Kleidung aufhängen könne. Sie klang belustigt. Mein Rucksack, aus dem ich morgens meine Sachen hole und in den ich sie nachts stopfe, wirkt klein im leeren Schrank.

Wahllos blättere ich zu einer andere Seite in Mayröckers Buch. Ein Partezettel liegt an dieser Stelle, die Rückseite der Parte ist leer. Peter hat diesen Johann um ein paar Jahre überlebt. Warum hat Peter seine Parte als Lesezeichen verwendet? Vielleicht war sie im Korb mit den Zeitungen, die Anita ihm gebracht hat. Wer kümmert sich um Peters Parte? Steckt ein Entwurf schon im Bindfadenumschlag, von Peter selbst geschrieben?

Auf der linken Seite stehen zwei kürzere Gedichte, auf der rechten ein längeres und ein noch längeres, das sich über die nächsten eineinhalb Seiten erstreckt, beginnt. Mit der Zeile: »wie hingepinselt Lebens Bäume ohne Relief«, endet das kürzeste Gedicht. Das kann nicht jenes Gedicht sein, das Peter gesucht hat. Er hätte es markiert. Rund zweihundert Seiten weiter hinten im Buch steckt die auffällige Broschüre eines Museums. »ich buchstabiere meine Lebenstage : der Rhythmus / desolat aber mit Andacht gesetzt«. »Motto?« steht neben der zweiten unterstrichenen Zeile. »Ich hatte nie Rhythmus- und kaum Taktgefühl« steht auf der weißen Rückseite der Broschüre, »und werde beides nicht mehr lernen. Es würde auch nicht viel helfen. Meine Handschrift ist jetzt, wo nicht mehr viel Zeit bleiben wird, zu zögerlich. Früher, als es sich gelohnt hätte Wahrnehmungen, Begegnungen, Berührungen festzuhalten, war sie meist zu hektisch. Sätze zerliefen zu flachen Wellen. Das macht viele meiner älteren Tagebücher unbrauchbar. Unlesbar. Das Gedächtnis kann diesen Verlust nicht immer ausgleichen. An manches kann ich mich klar erinnern. Es scheint mir tatsächlich erlebt. Dieser Schein ist nicht nur Licht, er wärmt. Das macht wahrscheinlicher, dass es wahr ist, was ich erinnere. Daran glaube ich.«

Ich blättere zurück zur Parte. Ein karierter Zettel fällt heraus. Vergilbte Ränder. Kästchen wie verdreckte Fliesen. Zwei Zeilen eines Gedichts sind unterstrichen. Kein »Motto?«. »wie grosz wie klein bedenkst du wie kurz / dein Leben vergleichst du es mit dem Leben der Bäume«.

»Johann im Krankenhaus besucht« steht auf dem Zettel. »An unsere Reisen erinnert. Er ist sicher, die Vogelscheiße hätte in Nauru meinen Hut getroffen. Im Tagebuch kontrolliert. Meinem früheren Ich könnte der Anschiss peinlich gewesen sein. Nauru ist wieder im Gespräch. Es ist unabhängig, eine Steueroase, der Albtraum australischer Einwanderer. Kurz dient es als Vorlage für sein australisches Modell. Was wird sein Nauru werden? Österreich als Insel der Seligen; hat er das schon gesagt?«

Hat Peter vergessen, wo er diesen Zettel hingesteckt hat, als er ihn der Parte beilegen wollte, die er nicht beschreiben konnte, und die zwei Seiten markiert, die Peter nichts bedeutet haben? Die Spekulationen helfen nicht. Mein Kopf schmerzt. Die müde Schwere hilft nicht den Schmerz zu dämpfen. Ich lege den Zettel in Mayröckers Buch, nehme mir vor, es zu lesen.

Um das Parkett nicht zu zerkratzen, hebe ich den Küchenstuhl an, drehe ihn zum Fenster und setze mich. Gerade müssen Wolken aufziehen. Der Ahorn im Innenhof verdunkelt sich. Gut, dass ich nur den Stamm sehen kann. Die leeren Äste hätten das neue Leben im Frühling erahnen lassen. Oder den Tod der gefallenen, weggekehrten Blätter. War es Peter, der mir den Flug von Ahornsamen gezeigt hat? Oder hat er mir ein Pferd aus Kastanien und Zahnstochern gebastelt? Das sollte ich wissen. Vielleicht fällt es mir ein, wenn ich älter bin, so alt wie er.

Ein Essenszusteller fährt in den Hof, schaut sich um. Es ist bald Mittag. Peter sagte an meinem ersten Abend hier, ich solle dem Lieferdienst die Adresse im zweiten Stock angeben. Offiziell sei im Parterre niemand gemeldet. Er wolle keine Probleme. Ich habe keinen Hunger.

Unter dem Fensterbrett steht der Rollstuhl. Der Verleiher lässt sich Zeit. Eines der Räder klemmt. Ich will den Rollstuhl zur Wohnungstür schieben, er will gegen den Türstock fahren. Ich gewinne, schaffe es, die Bibliothek zu verlassen. Meine Schritte knarzen am Parkett, hallen in den leeren Zimmern wider. Durch den Türspion ist die Haustür zu sehen. Mein Starren kann sie nicht öffnen. Im Zusammenklappen der Lider spüre ich die Müdigkeit als schmalen Schmerz.

In der Bibliothek drehe ich den Küchenstuhl zum anderen Campingtisch, auf dem nur Dokumentenablagen stehen. Sind sie geordnet? Auf dem obersten Zettel der mir am nächsten stehenden Ablage finde ich eine Geschichte, die Peter mir erzählt hat, an die ich mich heute erinnert habe, glaube ich. Der Kugelschreiber hat das Druckerpapier an einigen Stellen durchstoßen. War das Absicht? Zeigen sie ein Sternbild? Ich will es verstehen, kann es nicht.

»Die Bücher standen in Kisten vor den Regalen. Die Bediensteten würden sie bald abholen. Danach die Möbel, die unter staubigen Leintüchern verborgen waren. Ich muss zwei oder drei gewesen sein. Der Vater hat das Stadthaus von seinem Onkel geerbt. Zuvor hatte er das Landhaus von seinem Vater geerbt. Die Eltern fassen mich an den Händen, laufen mit mir durch die Zimmer. Die Mutter sagt, ich solle springen. Sie heben mich an, erhöhen meinen Sprung zu einem Flug. Unser Lachen klingt stumpf in der zugedeckten Bibliothek. So kann es gewesen sein. So hat es meine Mutter erzählt. So war es. Jetzt bin ich wieder hier.«

Der zweite Zettel ist liniert, scheint hastig aus einem Notizblock gerissen. Der obere Rand ist schief. Die Tagebuchseiten haben ähnlich ausgesehen. Das Format stimmt auch.

»Ich hätte diese Wohnung nehmen sollen. Sie war mir zu groß erschienen, als der Vater mich vor die Wahl stellte. Jetzt ist ihre Größe beruhigend. Außer im Erwachen, wenn ich nicht weiß, wo ich bin. Verschwommenes Gold der Stuckverzierungen. Ich glaube nicht, doch bin ich in den ersten wachen Augenblicken anfällig für solcherart Gedanken.«

Der dritte Zettel ist wieder Druckerpapier. Eine Zeile, in die linke obere Ecke gedrängt. Die Türklingel schnarrt. Es muss der Verleiher des Rollstuhls sein. Ich will den Satz noch mal lesen, verstehe ihn nicht. Ein zweites, längeres Schnarren. Ein nächster Schritt der Trennung. Die Gewissheit, meinen Großvater nicht mehr fragen zu können, was er damit meinte. Das Aufstehen, Umdrehen, Weggehen ist schwer. Es wird nicht leichter werden.

»Stürbe ich jetzt auf dieser Seite, wäre es die richtige gewesen?«

Inhalt

© Literaturverlag Droschl Graz – Wien 2024

Umschlag: & Co graphikdesign www.und-co.at
Satz: AD
Druck: Florjančič

ISBN 978-3-99059-148-2

www.droschl.com
Literaturverlag Droschl Stenggstraße 33 A-8043 Graz